»Bis vor kurzem, als hier noch nicht diese widerliche und verlogene Freundlichkeit vorherrschte, war das Schönste im Berliner Alltag die Herausforderung: Wer ist fieser? Der Verkäufer oder der Kunde? Das war spannender und fairer Wettkampf und glücklich war ich, wenn beispielsweise der Busfahrer beim Fahrscheinverkauf aus Versehen ein bisschen netter war als ich und darum verloren hatte. Die Anerkennung, die dann aus seinen Augen blitzte, dieses ›Respekt, junge Frau!‹, machte mich glücklich.« Der Tabakhändler wird von Videokameras auf Freundlichkeit getrimmt, im Bus beschimpfen sich Jugendliche, wie verflucht man Nichtraucher, wie verhält man sich, wenn man mit der eigenen Zukunft telefoniert, wie begegnet man Friedrich Merz, wer rettet die Kartoffel Linda? Sarah Schmidt erhellt erneut unseren Alltag und seinen Wahnsinn!

Sarah Schmidt wurde 1965 in Dinslaken am Niederrhein geboren und zog 1976 mit der Familie nach Westberlin. Dort ging sie durch die harte Schule von Schmargendorf, Schöneberg, Wedding und Neukölln, seit 1981 ist sie Kreuzbergerin aus Überzeugung. Seit 1994 arbeitet sie als Autorin und seit 1995 ist sie Stammmitglied beim »Frühschoppen«, der ersten Lesebühne Deutschlands. Über viele Jahre hinweg war sie die einzige Frau auf Berlins Lesebühnen. Sie veröffentlicht regelmäßig Texte in Anthologien und Zeitschriften. 2006 hatte ihr Theaterstück über Billie Holiday »Strange Fruit« Premiere. Sarah Schmidt hat im Verbrecher Verlag bisher die Bücher »Dann machen wir's uns eben selber« (Roman) und »Bad Dates« (Erzählungen) veröffentlicht. Mehr Informationen unter: www.sarah-schmidt.de

Sarah Schmidt

Bitte nicht freundlich

Geschichten

VERBRECHER VERLAG

Für Christoph

Erste Auflage
Verbrecher Verlag Berlin 2010
www.verbrecherei.de

Einbandentwurf: Sarah Lamparter
Lektorat: Doris Formanek
Satz: Christian Walter

ISBN: 978-3-940426-61-1

Printed in Germany

Der Verlag dankt Saskia Uhlig.

Inhalt

ES WAR NICHT ALLES SCHLECHT

Man kann sagen was man will, aber in der DDR war wirklich nicht alles schlecht. Zum Beispiel der Bau der Mauer. Was waren meine Eltern darüber froh. Denn endlich war unsere Oma eingesperrt.

Sie war, ohne Frage, eine böse Frau. Meinen Vater gab sie als kleines Kind zu sadistischen Tanten. Kurz darauf heiratete sie ein wahres Arschloch und war von da an glücklich und zufrieden.

Einige Jahre später war sie auch diesen Mann wieder los. Kurz nach dem Krieg stand ihm eine Gerichtsverhandlung bevor, offenbar war er Exhibitionist und hatte sich den Schulmädchen von gegenüber gezeigt. Am Abend vor seiner Verhandlung eröffnete er meiner Oma, dass er gleich seinen Kopf in den Gasofen stecken werde. Für solche Gespräche habe sie jetzt keine Zeit, sie müsse arbeiten gehen, erwiderte sie und hatte im nächsten Monat eine außergewöhnlich hohe Gasrechnung zu beklagen. So eine Frau war also meine Oma.

Unerklärlicherweise fühlte sich mein Vater ihr trotzdem verpflichtet und besuchte sie regelmäßig. Bis eben die Mauer gebaut wurde.

So ein Glück! Sie konnte nicht mehr raus. Zumindest solange, bis meine Oma 65 wurde und das Rentenalter erreichte. Merkwürdigerweise gestattete die DDR ausgerechnet Rentnern längere Aufenthalte außerhalb der Republik. Eine ganz und gar unverständliche Regelung. Wo doch jeder weiß, dass gerade die Rentner die schlimmste Generation sind. Heimtückisch, hinterlistig, gewalttätig, übellaunig, rabiat und verschlagen sind die meisten. Vielleicht war genau dies der Grund, warum die DDR die über 65-jährigen nicht ständig im Lande haben wollte. So gesehen eigentlich verständlich.

Von nun an wurden wir also von Oma besucht. Vier Wochen lang, jedes Jahr. Auf ihren ersten Besuch freute ich mich, ich kannte sie, durch mein Glück der späten Geburt nach dem Mauerbau, bislang nur aus Erzählungen und konnte mir nicht vorstellen, dass meine Oma tatsächlich nicht nett sei.

Sie kam, sah mich, zog an meinen Zöpfen, grummelte etwas von schlecht gekämmt und zeigte sogleich, wofür sie ihren unentbehrlichen Gehstock tatsächlich brauchte. Zum In-die-Ferse-stoßen. Oder in die Hüfte. Zum Auf-den-Hintern-hauen. Oder auf den Hinterkopf. Dazu drehte sie ihren Stock blitzschnell um und benutzte ihn wie einen Golfschläger.

»Na«, sagte sie, als ich meinen ersten von vielen Stößen bekam, »dann lauf mal in mein Zimmer, ich habe euch etwas mitgebracht.« Während ich meine schmerzende Ferse massierte, kramte sie eine Plastiktüte aus ihrem Koffer und überreichte sie mir und meiner ebenfalls angetretenen Schwester.

Wir schauten in die Überraschungstüte, und konnten unser Glück kaum fassen. Sie war bis obenhin mit Bonbons gefüllt. Ich wähnte mich im Paradies. Bis ich einen probierte. Ein eklig-seifiger Geschmack breitete sich in meinem Mund aus und blieb dort für Stunden. Es war mit Abstand die enttäuschendste Süßigkeit meines Lebens. Ost-Bonbons. Die meine Oma ein ganzes Jahr lang gesammelt hatte. Was den sowieso schon schlechten Geschmack nicht verbessert hatte.

Während der nächsten vier Wochen mussten wir ständig diese Drops lutschen. Morgens, mittags abends, immer. Es waren rund 1000 Stück. Nimm dir doch zwei, sagte Oma. Nein, danke, ich bin satt. Unsere Eltern zwangen uns ebenfalls, sie zu essen. Beziehungsweise sie in den Mund zu nehmen und dort zu lassen, solange Oma in der Nähe war. »Die hat Oma aus der DDR mitgebracht, da gibt es nichts anderes«, sagten sie. »Wenn ihr sie nicht esst, ist Oma traurig.«

Na und, dachten wir, sie ist ja auch eine böse Frau, warum soll sie nicht traurig sein. Aber die Traurigkeit unserer Oma drückte sich vor allem durch noch mehr Hiebe mit ihrem Gehstock aus. Also waren wir weise und beugten uns dem Ostdiktat. Nach vier Wochen war sie endlich fort, den Rest der Bonbons durften wir wegwerfen.

Das war mein einziger Eindruck von der DDR – die war eklig und bösartig wie unsere Oma. Jedenfalls solange, bis meine Eltern meinten, ich wäre jetzt alt genug, um Oma an ihrem Geburtstag zu besuchen. Lange Zeit fuhr nur mein armer Vater zu ihr, und wenn er zurück war, sah er alt und müde aus. Sehr alt und sehr müde.

Meine Mutter redete sich jahrelang damit heraus, dass wir zu klein seien, um mitzukommen, und vor allem zu klein, als dass sie uns alleine lassen könnte. Als ich elf Jahre alt war, ließ mein Vater diese Erklärung nicht mehr gelten. Oma wird 70 und wir besuchen sie. Basta!

Ich hatte Angst. Große Angst. Tagelang wurden wir von unseren Eltern über die DDR »aufgeklärt«. Die DDR gehört dem Russen. Der Russe war dieser böse, alte, hässliche und betrunkene Mann, den wir aus dem Fernsehen kannten. Der Russe schießt gerne. Und man kommt sehr schnell ins Gefängnis und niemals raus. Wir sollen uns also, in unserem eigenen Interesse, benehmen. Und nicht mit den anwesenden Nachbarn sprechen, die seien bei der Stasi, das gibt nur Ärger. Und bloß den Personalausweis nicht aus der Hand legen, denn dann könnten nicht mal sie uns mehr retten.

Ich habe ihnen alles geglaubt. Kurz darauf standen wir mit schweißnassen Händen am Grenzübergang Friedrichstraße, trauten uns nicht Pieps zu sagen, legten die Ohren frei, ließen eine Körperkontrolle über uns ergehen und waren drüben. In Ostberlin. Ein Unterschied wie Tag und Nacht. Während unser Westberlin strahlte, war hier alles grau und roch nach feuchter Oma.

In der Ostseestraße angekommen, wurden wir begrüßt, Oma haute uns freundlich, aber kräftig ihren Stock in die Fersen und dann mussten wir essen. »Das hat sich Oma vom Munde abgespart«, flüsterten unsere Eltern und genauso sah es auch aus. Fette Wurst, fettes Fleisch von unbekannten Tieren und braun-graue Torten wollten verzehrt werden. Außerdem natürlich die fünf Kilo Bonbons, die sie uns diesmal hier in Weißensee übergab. Während sich die Erwachsenen in den nächsten Stunden zumindest betrinken konnten, blieb mir nichts als zu warten und zu hoffen, dass wir bald wieder nach drüben konnten.

Spät, sehr spät am Abend durften wir endlich gehen, und erst nachdem wir wieder in Wilmersdorf waren, fühlte ich mich frei. Bis zum nächsten Geburtstag von Oma.

In den folgenden Jahren steigerte sich Oma in eine immer ausuferndere Bösartigkeit hinein, sie schlug und beschimpfte ganz wahllos und kam in ein Heim.

Dann kam der Herbst '89. Wir sahen im Fernsehen, was sich im Osten anbahnte. Dass die DDR einmal ganz verschwinden würde, so viel Fantasie besaß niemand von uns. Aber es schien klar, dass es bald weitere Reiseerleichterungen für die DDR-Bürger geben würde. Also auch für unsere Oma.

Doch ein einziges Mal in ihrem Leben zeigte sie sich von ihrer netten Seite, die gute Alte. Sie starb im Oktober 1989. Eben noch rechtzeitig, sodass ich mich am 9. November wirklich freuen konnte. Aber die 25 Jahre relative Sicherheit, die uns die Mauer vor Oma geboten hatte, sind auch nicht zu unterschätzen.

IM BUS

Ich vermeide es nach Möglichkeit, viel Kontakt mit anderen Menschen zu haben. Wenn ich nämlich nicht so besonders viel von diesen anderen mitbekomme, kann ich mir die Illusion bewahren, ich wäre eigentlich, im tiefen Grunde meines Herzens, ein Menschenfreund. Zu häufige tatsächliche Begegnungen zerstören sehr nachhaltig dieses Selbstbild.

Darum benutze ich in aller Regel auch keine öffentlichen Verkehrsmittel. Doch nicht immer funktioniert das. Manchmal muss ich sogar Bus fahren. Das Fahren mit dem Bus ist viel schlimmer als mit der U- oder S-Bahn, denn im Bus lassen Menschen gewöhnlicherweise jede Erziehung vermissen, sie riechen streng oder süßlich, sie tragen furchtbare Kleidung und Rucksäcke, sie benehmen sich insgesamt einfach schlecht.

Und auch dieses Mal war es so. Zwar konnte ich noch einen der letzten Sitzplätze ergattern, doch der befand sich direkt hinter einer Gruppe Jugendlicher, die alle noch nie Sex hatten und darum ihre Hormone mit Hilfe von Rüpeleien, gegenseitigen Schlägen, dem exzessiven Gebrauch von iPod und Handy sowie verbalen Ausfällen regulieren mussten.

Es waren fünf Jungs und ein Mädchen, die dort auf diese Art ihre Jugend verschwendeten und mich in meinem Erwachsensein belästigten. Gott, dachte ich, hört das denn nie auf? Warum wachsen immer noch so viele Jugendliche heran und alle sind gleich in ihrer tumben, verblödeten Art. Und wann hat es eigentlich angefangen, dass Jungs viel zu große Füße haben, die in noch riesigeren Turnschuhbooten stecken? Das war doch früher nicht so!

Ich drehte meinen Kopf zur anderen Seite, um nicht mehr mit anhören und -sehen zu müssen, wie doof die waren. Was ich dort sah, war allerdings um keinen Deut besser als die Jugendlichen. Zwei alte Schachteln unterhielten sich auf besonders langweilige Art und Weise. Und dann sag ich – und er sagt – und ich sag noch. Diese Art von ermüdendem Gespräch führten sie. Eigentlich waren die beiden in meinem Alter, nein, wahrscheinlich waren sie sogar jünger, deutlich jünger, aber ihr Ideal war diese weibliche Unscheinbarkeit, bei der man nicht sagen kann, ob ihre Trägerin 35 oder doch 55 Jahre alt ist. Mithilfe von schlechter Schminke, praktischer Frisur und C&A-Kleidung verwandelt man sich schnell in eine frustrierte Idiotin.

Also dann lieber die Kinder.

Die waren mittlerweile dabei, das Mädchen zu beleidigen. »Ey, du bist doch eine Hure!«, sagte einer. »Voll genau«, fügte ein anderer hinzu. »Und deine Schwester ist auch eine verdammte Hure, die war erst mit Ali zusammen und danach mit Benni«, setzte der dritte zu, und der vierte war besonders originell, denn er sagte: »Also ist deine Mutter auch eine verdammte Hure!« Alle grinsten das junge Ding herausfordernd an.

Die schluckte, dachte kurz nach, warf ihr Haar nach hinten und sagte dann: »Na und? Dafür klauen eure Mütter alle bei KiK!«

Einer murmelte: »Gar nicht wahr«, dann schwiegen alle ehrfürchtig für einen sehr langen Moment, während sie ganz lässig weiter in ihr Handy tippte.

Und ich wusste wieder, dass ich, alleine wegen dieser kleinen Szene, eben doch eine Menschenfreundin bin und dass man sich um die Jugend wirklich keine Sorgen machen braucht. Zumindest nicht um die Mädchen.

ARBEIT NACH DER ARBEIT

Nach einer Lesung am Abend ist man in der Regel viel zu aufgedreht, um einfach nach Hause gehen zu können. Bleibt also, nicht nach Hause zu gehen und sich mit Hilfe von Alkohol in den Zustand zu versetzen, der Stunden später dafür sorgen wird, dass man ins Bett und dort in einen schlafähnlichen Zustand fallen kann. Das hört sich nach einer relativ leicht zu bewältigenden Aufgabe an, doch tatsächlich erfordert es jahrelanges Training, um genau den Punkt zu erreichen, an dem man sich müde genug getrunken hat, ohne die Schwelle zur Übelkeit zu überschreiten.

Natürlich muss man zusätzlich darauf achten, in der Nähe des eigenen Zuhauses zu trinken, sonst kann die ganze Mühe, die man sich vorher gegeben hat, durch eine einzige Taxifahrt zunichte gemacht werden. Denn der winzig kleine Unterschied zwischen »Ich kann schlafen« und »Ich muss mich übergeben« kann durch mehrfaches scharfes Bremsen, verbunden mit ruckartigem Anfahren völlig zunichte gemacht werden. Da ich ein kommunikativer Mensch bin, brauche ich bei dieser Arbeit nach der Arbeit Begleitung. Dafür habe ich meinen Mann, und mit dem geht es in die Stammtrinkhalle um die Ecke. Man ist immer willkommen, die Gin Tonics sind gut eingeschenkt und preiswert und ich kann mich schön vom eigenen Ego ablenken, weil sich dort die Crème de la Crème des Kreuzberger Adels betrinkt und dabei gesehen werden möchte. Also setzen wir uns und sehen.

Guck mal, da sitzt der andere Schriftsteller, der immer ganz viel kiffen muss, um schlafen zu können. So schlaff, wie er rüber winkt, ist er schon fast fertig mit seiner Nacharbeit. Ich werde ein bisschen neidisch, von diesem Zustand bin ich noch weit entfernt.

Na Prost und einen großen Schluck nehmen, sonst werden wir hier ja nie fertig. An der anderen Tresenseite lehnt ein frisch verliebtes Lesbenpaar und knutscht. Obwohl, wenn man genauer hinsieht, wirken sie gar nicht richtig verliebt, eher als ob sie sich gegenseitig beeindrucken wollen. Immerhin, wieder zwei, die heute Nacht nicht alleine schlafen müssen. Ist doch zumindest bis zu dem Punkt in ein paar Stunden, wenn sie sich im grauen Morgenlicht gegenüber liegen und in die Augen gucken müssen, auch nicht schlecht. Nur gut, dass wir uns haben und uns morgens genauso schön wie abends finden und wirklich richtig verliebt sind. Einen Schluck auf die Liebe, mein Schatz. Ach, besser zwei, die Liebe ist doch groß genug. Können wir noch mal das Gleiche haben? Danke.

Der Polaroidfotograf bietet seine Dienste an, nein danke, heute nicht, die Blumenfrau kommt mit welken Sträußen vorbei, dann der Feuerzeugverkäufer, zehn Stück kosten einen Euro, das ist so billig, die nehmen wir, obwohl wir wissen, dass die eine Hälfte morgen leer ist und die anderen fünf Feuerzeuge auf magische Art und Weise innerhalb der nächsten halben Stunde verschwinden werden. Nö, heute keine Motz, keine Hinz und Kunz und keine Zitty, Tagesspiegel oder Titanic. Gut, das hätten wir dann auch hinter uns gebracht, Mann, habe ich einen Durst. Holger, können wir noch zwei Gläser haben? Ja, natürlich volle.

Sag mal, weißt du, was »Clash of the Tittens« bedeuten soll? Hab ich eben an der Toilettentür gelesen. Soll das der Plural vom Plural von Titte sein? Oder heißt Tittens womöglich etwas ganz anderes auf Englisch? Ist hier irgendein native english speaker im Raum? Wie, ich soll nicht so brüllen? Hört mich doch sonst keiner. Na, du bist aber empfindlich heute. Nein, ich will mich nicht streiten. Du? Na los, dann lieber noch mehr knutschen.

Was macht eigentlich das Lesbenpaar? Och, Jacken anziehen. Aber nur die eine, das tut mir leid, dann hat es wohl doch nicht richtig geklappt mit dem Beeindrucken. Traurig, oder?

Hey, hey, was ist denn da los? Warum fliegen hier Barhocker durch die Gegend? War doch eben noch so friedlich. Der da war das. Na, der sieht gar nicht gut aus. Was grölt er? Wir sind alle blöde Wichser und er bringt uns um? Na bitte, wenn er meint. Vorher schnell noch einen Gin. Der geht aufs Haus? Super, ich weiß schon, warum das hier meine Lieblingskneipe ist. Ist der Idiot jetzt weg? Ah, die starke Elvira hat ihn einfach hochgehoben und rausgetragen. Sehr lässig, diese Frau. Aber was hatte der Typ denn? Holger, was hatte der Barhockerschmeißer für ein Problem? Zuviel Ketamin? Aha. Kenn ich nicht. Muss ich morgen mal bei Wikipedia nachlesen. Wenn ich dran denke.

Ey, du Penner, Finger weg. Ich habe gesagt Finger weg, sonst gibt's gleich richtig Ärger. Nein, nicht du, Schatz, du lässt deine Finger schön da, wo sie sind, ich meine den Kerl da, im weißen Flauschtrainingsanzug, der hat eben versucht, deine Jacke zu klauen. Ja, genau du, du Arschloch. Meinst du, ich bin blöde? Ach, du verstehst mich nicht? Von wegen, brauchst hier gar nicht so auf Unschuldslamm machen. Ja, okay, wir sind alle Rassisten und Kartoffeln, aber die Jacke lässt du trotzdem in Ruhe. Komm, mach nich so 'ne Welle, erwischt ist erwischt, und hör bloß auf, in diesem blöden Türkendeutsch zu quasseln, ich kenn dich seit zehn Jahren, du warst mit meinem Sohn in einer Klasse und hattest immer eine Eins in Deutsch. Ja, ja, dein Pech, und natürlich sind alle Deutschen Nazis und Huren, und trotzdem fliegst du raus und nicht ich. Ätsch.

So, einen nehmen wir noch, oder? Doch. Doch. Nein, schau, ich kann stehen und die Augen zumachen, ohne zu schwanken. Nein, das war kein Schwanken. Überhaupt nicht. Selber. Gut, wir teilen uns einen. Die stellen schon die Stühle hoch? Na und? Wie spät ist es denn überhaupt? Zeig mal. Was? Nee, kann doch nicht echt schon halb sechs sein. Okay, dann schnell alle küssen, die noch da sind, und ab nach Hause. Hast du meine Tasche? Schlüssel, Schal, brauchen wir noch Zigaretten? Ja, trotzdem, zur Sicherheit. Komm, nehmen wir uns doch ein Taxi, ist ja nur Kurzstrecke. Nein, ich verspreche, mich nicht mit dem Fahrer über den Weg zu streiten. Ja, ich schwöre. Ja, ich liebe dich auch. Gute Nacht, schlaf gut. Nein, mir ist fast nicht schlecht, ich finde nur: Abendlesungen sind echt anstrengend. Macht sich ja keiner 'ne Vorstellung davon.

TELEFONATE MIT MEINER ZUKUNFT

Eigentlich bin ich gerne alleine. Ich komme im Großen und Ganzen gut mit mir zurecht, kleinere Streitereien zwischen Über-, Unter- und Mittel-Ich kommen zwar vor, werden aber meist gemeinschaftlich gelöst. Doch seit einiger Zeit ist mir klar geworden: Ich sollte nicht mehr gerne allein sein. Genauer gesagt, seit ich diese Anrufe bekomme. Ich werde seit einem guten Jahr von Fremden angerufen. Manchmal habe ich einen oder auch zwei Monate Ruhe, dann wieder führe ich drei Telefonate innerhalb einer Woche. Diese Anrufe machen mir Angst. Sie sind, auf ihre ganz eigene, perfide Art, obszön. Und sie kommen immer nur, wenn ich allein zu Hause bin. Was gar nicht so oft passiert, ich wohne mit meinem Freund zusammen, nur muss der eben arbeiten gehen. Er lebt im Schichtdienst, es ist also schwer, mich tatsächlich alleine zu Hause zu erwischen, denn es gibt kaum Regelmäßigkeiten in seiner An- oder Abwesenheit. Und das macht diese Anrufe noch unheimlicher.

Sie haben immer den gleichen Tenor:

Schrill! (Wie? Nie Micky Maus gelesen? Telefone machen immer »Schrill!«)

»Schmidt.«

»Hallo?!«

»Ja, auch hallo. Wer ist denn da?«

»Was gibt es zum Mittagessen?«

»Bei mir?«

»Was gibt es zum Essen?«

»Schnitzel.«

»Wann?«

»Später. Wer sind Sie denn?«

»Hallo?«

»Ja, wen möchten Sie denn sprechen?«

»Was gibt es zum Mittagessen?«

Das kann lange dauern, denn meine Schnitzelantwort wird nicht akzeptiert.

Ein anderes Beispiel:

Schrill!

»Schmidt.«

In das gegnerische Telefon wird hineingeweint.

»Hallo?«

»Ich habe solche Schmerzen.«

»Das tut mir leid.«

Ein letztes Beispiel:

Schrill!

»Schmidt.«

»Wann kommt Elke?«

»Oh, da haben Sie sich verwählt. Hier wohnt keine Elke.«

»Ach so, welche Nummer haben Sie denn?«

»12345678«

»Ich habe aber die 12345678 gewählt.«

»Ja, das ist meine Nummer, aber hier wohnt wirklich keine Elke.«

»Ich habe die 12345678 gewählt.«

»Jaja, das ist meine Nummer.«

»Welche Nummer haben sie denn?«

»Wie gesagt, die 12345678.«

So kommen wir nicht weiter, also frage ich: »Welche Nummer wollten Sie denn anrufen?«

»Wann kommt endlich Elke?«

»Wissen Sie, ich kenne nicht mal eine Elke.«

»Welche Nummer haben Sie denn?«

»Ich lege jetzt auf. Sie haben sich verwählt. Einen schönen Tag noch.«

»Ich habe aber die …«

Es sind immer alte Frauen, die mich anrufen, sehr alte Frauen. Beim ersten Mal habe ich mir noch nichts gedacht, im Laufe der Zeit wurde mir allerdings klar, dass meine Telefonnummer und die eines mir unbekannten Alten-Pflegedienstes sehr ähnlich sein müssen. Da sämtliche Anruferinnen sich strikt weigern, mir den Namen oder sogar die richtige Nummer des Pflegedienstes zu nennen, kann ich nichts für sie tun. Ich habe natürlich überlegt, alle in meiner Nummer möglichen Zahlendreher auszuprobieren, um diesen Dienst zu finden, aber es gibt einfach zu viele Varianten. Ich werde weiter mit den Altenanrufen leben müssen.

Diese Art des direkten Kontaktes mit dem Siechtum ist hart, denn was dort am anderen Ende der Leitung lebt, das hört sich nicht gut an. Furchtbar einsam sind diese Frauen. Und was mir vor allem Sorgen macht: Da spricht, mit ziemlicher Sicherheit, meine Zukunft zu mir.

Ich wohne zwar nicht allein, doch lebe ich mit einem Mann zusammen. Und der wird sterben. Nicht sehr bald, doch deutlich vor mir. So wie alle anderen Männer aus meinem Bekanntenkreis. Auf die kann ich also in Zukunft nicht bauen, sie werden, wenn ich sie wirklich mal brauchen könnte, nicht mehr da sein, sondern auf irgendwelchen Friedhöfen ihren Tod fristen.

Die haben es gut, die Männer. Zwar nicht unbedingt im Leben, denn da ist es natürlich viel schöner eine Frau zu sein. Männer müssen sich jedoch kaum Gedanken über ihr Alter machen, einfach, weil sie es in den meisten Fällen nicht erleben werden. Aber ich, ich werde alt und stehe dann ganz alleine da. Und werde vermutlich auch fremde Frauen anrufen, wenn ich mich mal ein bisschen unterhalten möchte, weil ich die Einsamkeit nicht mehr ertragen kann.

So gesehen, sind diese Anrufe vielleicht etwas grobe, doch trotzdem freundliche Hinweise, mit denen das Schicksal mir mitteilen möchte, dass ich mich kümmern sollte. Um mein Alter. Na gut.

Da Männer also wegen vorzeitigen Ablebens nicht in Frage kommen, brauche ich Frauen. Freundinnen, um genau zu sein. Freundinnen, mit denen ich, wenn ich alt bin, zusammen sein kann. Wir werden uns gegenseitig aufs Klo helfen, den Sabber aus den Mundwinkeln wischen oder uns darauf aufmerksam machen, dass die andere müffelt. Oder ausläuft. Ich werde Frauen brauchen, mit denen ich mich unterhalten kann. Wenn ich das dann noch kann.

Um im Alter auf die zurückgreifen zu können, sollte ich langsam mal anfangen, sie an mich zu binden. Ich sollte mir ganz dringend Freundinnen anschaffen. Jetzt! Bin schon reichlich spät dran, denn so eine Freundschaft ergibt sich nicht von heute auf morgen. Sie muss jahrelang gepflegt und gehätschelt werden, bevor sie Früchte tragen kann. Also lege ich eine Liste an, der Anfang jeden wichtigen Projekts. »Freundinnen suchen« schreibe ich oben auf das Blatt Papier. Mit Ausrufezeichen. Eine Freundin habe ich. Eine einzige.

Also schreibe ich »Irina« in die erste Zeile des Projektzettels. Dann kommt nichts mehr. So sehr ich auch überlege, meine Erinnerungen und mein Adressbuch durchforste, es werden nicht mehr. Bekannte habe ich viele, aber Freundinnen, echte Freundinnen nicht. Aber, Irina reicht definitiv nicht. Erstens könnte sie, bevor wir beide alt sind, überfahren werden oder einfach unglücklich hinfallen und sterben, und zweitens muss so ein Altersschloss auf mehreren Schultern erbaut werden, um solide zu sein. Wo bekomme ich bloß auf die Schnelle Frauen her?

Ich höre mich unauffällig im Bekanntenkreis um, wie man es schafft, Freundinnen zu bekommen. Viele haben ihre Freundinnen aus der Schulzeit einfach behalten. Oder Unifreundinnen gefunden. Mist. Ich habe meine Schulfreundinnen sofort vergessen, nachdem wir unseren Abschluss in der Tasche hatten. An der Uni war ich nicht. Die Mütter, mit denen ich durch mein Kind zwangsläufig zusammenkam, wollten nicht mit mir befreundet sein, die hatten schon untereinander genug zu tun. Oder ich wollte nicht.

Wieder andere, meist jüngere Frauen erzählen, dass sie bei Facebook oder YouTube total viele Freundinnen haben. Aber die zählen nicht, und ob ich im Greisenalter noch einen Computer bedienen kann, ist nicht einmal sicher. Es ist eigentlich nicht mal sicher, ob es dann überhaupt noch Computer geben wird, so rasant wie die digitale Entwicklung verläuft.

Vielleicht setze ich eine Anzeige in die Zitty oder den Tip? »Freundin – hauptsächlich für später – gesucht.« Aber das erscheint mir zu traurig, dass liest sich so, als wäre ich ein ganz armes Ding. Und das bin ich nicht. Noch nicht.

Bleibt nur, auf Secondhand-Freundinnen zu setzen. Nächste Woche gehe ich mit einer ehemaligen Freundin von Irina ins Kino. Hat sich, ganz zufällig, so ergeben. Ich habe wenig Lust, denn die ist nicht besonders interessant. Wirklich nicht.

Doch was soll ich machen, wenn mein Alter nicht so werden soll wie Mecklenburg-Vorpommern, also weit und leer. Vielleicht sind Anrufe bei Fremden doch die bessere Alternative? Ich werde, das nehme ich mir vor, wenn es soweit ist, versuchen, nur junge, attraktive Männer anzurufen. Die mich dann auch einfach mal schnell besuchen kommen. Genau, so mache ich es.

ES IST JA NICHT NUR DAS RAUCHVERBOT

Ja, ja, es ist alles gesagt, was es zum Thema Rauchen in der Öffentlichkeit zu sagen gibt, alle Argumente sind ausgetauscht und gewonnen haben – zumindest vorläufig – die Langweiler, die Missgönnenden, die protestantischen Puristen.

Das Recht auf Rauchrausch gilt nichts mehr.

Beschlossen wurde das absurde Rauchverbot in öffentlichen Räumen in der Hauptsache wegen jener Generation, die sich selber als die wichtigste von allen sieht, als entscheidungstragenden Mittelpunkt der Republik. Den Alt-Achtundsechzigern. Diejenigen also, die auf der Flucht vor ihren Eltern in den späten sechziger Jahren nach Afghanistan und Indien gereist sind, diejenigen, die danach entweder die Alternative Liste gegründet haben und noch später in der Regierung saßen, dort deutsche Kriegseinsätze beschlossen, oder die an den Universitäten des Landes etwas Soziales oder Politologie studierten und jetzt Lehrer sind, oder Wirtschaftsexperten, oder sonst etwas schlechtes in irgendwelchen Gremien entscheiden, oder die aufs Land sind und dort als Keramiker mit Gartengrundstück leben. Wichtig fühlen sie sich, weil sie ja alles am eigenen Leib ausprobiert haben, die Drogen, die Selbsterfahrung, das freie Ficken und die Gruppendynamik. Und daher wissen sie schließlich am allerbesten, was gut ist für unser Land.

Und sie fühlen sich ganz und gar im Recht. Es geht ihnen ja nicht nur um sich selbst, sondern um unser aller Volksgesundheit. Und sie haben es doch im Guten versucht, uns Idioten vom Rauchen abzuhalten, mit Argumenten und Warnhinweisen auf den Zigarettenschachteln und Studien und Diskussionen und flotten Sprüchen, selbstverständlich sind sie verzweifelt, denn niemand wollte auf sie hören, obwohl sie doch zuvor jahrelang das Argumentieren geübt und gelernt hatten.

Und dann – so die logische Schlussfolgerung – muss man die Menschen eben zu ihrem Glück zwingen, wenn sie gegenüber Argumenten, guten, durchdachten Argumenten so unaufgeschlossen sind.

Doch es ist ja nicht nur das Rauchverbot.

Das passt alles so gut zusammen, die Angst vor dem Moslem, Angst vor dem übermächtigen Chinesen, Angst vor ganz Osteuropa, vor der Klimakatastrophe, vor vergiftetem Essen, dreckiger Luft, Achselbehaarung und Altersarmut, vor der Liebe und dem Sex.

Ihr Streber, Emporkömmlinge, Ihr Lehrerinnen und Astrologiegläubige, Ihr Leser von Ratgebern und Ihr Versager, Ihr Vegetarier und Sporttreibende, mit Euren lächerlichen Stöcken in den Händen, Ihr Jogger mit den verzerrten Gesichtszügen, Ihr Wasserflaschendauernuckler, Ihr vermeintlich lärmgeplagten Tempo-30-Zonen-Einrichter – aber zuerst in Euren Wohngebieten! –, Ihr Kreuzberger Straßenschwellenselbstbezahler, Ihr Tempelhofbefürworter und -gegner, Ihr Weintrinker, Ihr, die das Grillverbot im Berliner Tiergarten gut findet und Fahrradhelme tragt, Ihr, denen Worte wie Parkraumbewirtschaftung leicht über die Lippen gehen, Ihr, die Ihr rechnet, wie viel Euch das Riestern einbringen wird, Ihr Pfennigfuchser, die Ihr so genau wisst, wie das Leben auszusehen hat, wie es sich anzufühlen hat und wie es gelebt werden soll, Ihr, die Ihr trotzdem zur Familienaufstellung gehen müsst und Lebensberater bezahlt, Berufs-Coaching und NLP-Kurse und Thai Chi macht, und den Farbberater besucht und Leinenhosen tragt, Biokosmetik kauft und Feng Shui für jedermann fordert – und trotzdem werdet Ihr immer hässlicher, innen und außen, man sieht es Euch schon von Weitem an.

Das Glück, dass Ihr im Moment erlebt, diese Freude, endlich Teufel Nikotin den Garaus gemacht zu haben, gewonnen zu haben, in der Kneipe, in die Ihr gar nicht mehr geht, weil Rausch ist schon lange nicht mehr Euer Ding, denn da werdet Ihr sentimental oder aggressiv, aber bislang konntet Ihr immer noch sagen: Ich bekomm da einfach keine Luft mehr, diese Rauchschwaden!, wenn Ihr also in den Kneipen, die Ihr nicht betretet, endlich wieder durchatmen könnt, in Restaurants Eure Scheißgeschmacksknospen selbstlobt, werdet Ihr feststellen, dass sich Euer Leben auch nicht verbessert, weil Ihr gar nichts damit anzufangen wisst, Ihr Langweiler.

Außerdem steht Euch noch der entscheidende Schritt bevor: Ihr, die das Rauchen in Kneipen habt verbieten lassen, Ihr müsst auch über die Einhaltung des Verbotes wachen. Ihr seid es, die den Kneipenbetreiber in Zukunft ganz persönlich denunzieren müsst. Ja, denunzieren, ein böses Wort für eine böse Tat. Und dann, wenn Ihr Euch ein wenig vor Euch selbst ekelt, weil Ihr es getan habt, den eigenen Wirt beim Ordnungsamt angezeigt, dann geht Ihr rauchfrei bei ihm einen Wein trinken?

Ich möchte da im Sinne von Joe Strummer rufen: »Nichtraucher, kauft keine Bücher, die von Rauchern geschrieben wurden! Hört keine Rauchermusik. Guckt keine Raucherfilme. Seid endlich konsequent.«

So viel habt Ihr nun schon in eurem kleinen Leben erreicht und tragt immer noch die gleichen unglücklichen Gesichter vorwurfsvoll durch die Gegend.

Ihr seid mir schon echte Idioten!

BITTE NICHT FREUNDLICH

Morgens gehe ich oft als erstes zum Zeitungsladen an der nächsten Straßenecke. Normalerweise ist das nicht unangenehm, denn mein Zeitungshändler ist nett und nicht besonders anspruchsvoll. Also schnell ein T-Shirt, eine Hose und zwei Schuhe anziehen, Geld einstecken, Haare kämmen und los.

Doch eines Morgens hatte sich alles geändert.

»Einen schönen guten Morgen, Sarah. Möchtest du Zigaretten? Pall-Mall Blau, wie immer?«

»Ja.«

»Oder mal etwas anderes?«

»Nein.«

»Muss ja auch nicht. Nimmst du das Big-Pack?«

»Ja.«

»Sonst noch etwas? Vielleicht eine Zeitung?«

»Nö.«

»Dann wünsche ich dir noch einen richtig schönen Tag.«

»Dir auch.«

Ich zahlte und ging. Draußen liefen mir Tränen übers Gesicht. Ich würde mir einen neuen Zeitungsladen suchen müssen, denn der, den ich dort gerade erlebt hatte, der war nicht mein Zigarettenverkäufer Fritz.

Fritz war normalerweise stumm. Weitestgehend zumindest. Er sagte nicht »Guten Morgen«, er fragte nicht, was man wünschte, er bot auch sonst nichts an. Er zuckte eigentlich nur huldvoll mit einer Augenbraue, als Zeichen, dass er jetzt bereit wäre, die Kundenbitten entgegenzunehmen. Und auch wenn die Bestellung, wie bei mir, jeden Tag die gleiche war, schob er nichts ungefragt über den Tresen. Man musste sagen, was man haben wollte. Sich auf Kunden einstellen, das gehörte nun wirklich nicht zu seiner Arbeitsauffassung. Hatte man seinen Wunsch geäußert, griff er, unter geringstmöglichem körperlichen Einsatz, das Produkt aus dem Regal hinter sich, legte es auf den Tresen und wartete dann schweigend ab. Den Preis, der am Ende eines solchen Einkaufs zu bezahlen war, den konnte man sich bitteschön auch selber ausrechnen. Man sagte, also mit einem kleinen Fragezeichen am Ende: »5 Euro 80?« Die Andeutung eines Nickens war Zeichen seiner Zustimmung, dann legte man das Geld auf den Tresen und verließ schnell den Eckladen. So gehörte sich das.

Und nun? Was sollte dieser Dialog, dieses Aufdrängen eines Verkaufsgesprächs? Es gab nur eine Erklärung: Fritz wurde überwacht.

Seine Schwiegermutter, die Besitzerin des kleinen Tabakgeschäfts, hatte vermutlich Kameras installiert, um Fritz' Arbeitsmoral zu kontrollieren. Sie wohnt dem Laden genau gegenüber, im Hochparterre, und hat von ihrem Fensterplatz aus einen guten Überblick über die Geschehnisse im Laden. Doch seit einiger Zeit sah man sie gar nicht mehr am Fenster, von dem aus sie gleich noch den Rest unserer kleinen Straße beaufsichtigte, und, wenn es nötig war, gemaßregelt hatte. Man sah nur noch ihre riesigen Umrisse auf dem Sofa, das vermutlich gegenüber ihres Fernsehers stand, auf dem Fritz zu sehen war. Wie sehr unsere Straße seitdem verlotterte, war unfassbar. Letztens hatte sogar jemand Blumen gepflanzt, in die Erde um einen Straßenbaum herum. Wohin man jetzt seinen Müll werfen und die Hunde kacken sollten, das interessierte scheinbar niemanden.

Fritz ist allerdings nicht der einzige, der sich verändert hat, er ist nur meine persönliche Speerspitze, denn eigentlich ist es längst überall zu spüren: Die Stadt leidet unter einem neuen Problem, der Berliner ist viel zu freundlich geworden.

Und das stürzt Kunden wie mich in ein wirkliches Dilemma. Ich muss dann nämlich ebenfalls freundlich sein.

Zum Beispiel zu den Verkäuferinnen beim Discounter um die Ecke. Die sind schon seit einer ganzen Weile unverschämt freundlich. Sogar gutgelaunt erscheinen sie. Und das ist wirklich völlig unerklärlich, denn der Discounter bietet mit das Mieseste an Arbeitsbedingungen in der Stadt. Die Mitarbeiterinnen haben keinen Betriebsrat, werden oft überfallen, manchmal dabei erschossen, sind ganz alleine in einem Laden, werden, um sie entlassen zu können, gerne des Diebstahls bezichtigt und haben einen Stundenlohn, der weit unter dem der PIN-AG liegt. Und trotzdem kommt man in einen solchen Laden rein und wird mit Freundlichkeit bombardiert. Denn jeder Kunde könnte ein vom Konzern beauftragter Testkäufer sein.

Ich will das nicht. Ich will mir meinen Einkauf erkämpfen. Will ruppiges und dem Konsum angemessenes Verhalten. Will nicht angelächelt werden, nur weil ich billiges Waschpulver und Toilettenpapier kaufe. Denn durch all diese Freundlichkeiten geht mir das befriedigendste Einkaufserlebnis überhaupt verloren.

Bis vor kurzem, als noch nicht diese widerliche und verlogene Freundlichkeit vorherrschte, war das Schönste im Berliner Alltag die Herausforderung: Wer ist fieser? Der Verkäufer oder der Kunde? Das war spannender und fairer Wettkampf.

Und ich war glücklich, wenn beispielsweise der Busfahrer beim Fahrscheinverkauf aus Versehen ein bisschen netter war als ich und darum verloren hatte. Die Anerkennung, die dann aus seinen Augen blitzte, dieses »Respekt, junge Frau!«, genau das machte mich glücklich.

Und auch ich wusste, wann ich übertrumpft worden war und gönnte manch miesepetriger Karstadt-Mitarbeiterin den gerechten Sieg.

Genauso ging es mir, wenn ich in Geschäften, die ich regelmäßig besuchte und die genau meinen Vorstellungen von einem richtigen Miteinander entsprochen haben, wenn ich dort manchmal einen Überraschungsangriff landen konnte – durch gute Laune, oder ich habe von mir aus gesprochen oder gelächelt oder sogar mal einen Witz gerissen. Die völlig verblüfften Gesichter, auf denen sich dann ein Lachen ausbreitete, das war der Höhepunkt des Einkaufs. Dann machte es mir auch nichts aus, wenn die gekaufte Hose nach zwei Wäschen kaputt ging.

Wenn jetzt aber alle Kunden mit dieser ängstlichen und devoten Freundlichkeit behandelt werden müssen, dann ist das alles vorbei, dann trage ich Verantwortung für die Arbeitsplätze von Tabak-Fritz und den Verkäuferinnen bei Schlecker, Penny, Lidl, H & M und C & A. Wenn jeder ständig überwacht wird, ob er völlig unbegründet freundlich genug ist zu fiesen Kundinnen – wie ich eine bin –, dann wird sicher auch gefilmt, ob ich daraufhin lächle und »Bitte« und »Danke« sage. Wenn ich das aber weiterhin nicht mache, kann nur die Verkäuferin Schuld daran tragen und wird entlassen.

Mir ist das zu viel und meine Konsequenz daraus kann nur sein, gar nichts mehr zu kaufen und alle aufzufordern, mitzumachen.

Bis Berlin wieder das ist, wofür man es liebt: rumpelig und pumpelig.

ULLI ZELLE, DER PLAYBOY UND DIE GEZ

Neulich bekam ich Post. Eigentlich freue ich mich immer, wenn der Briefträger hoch zu mir in den dritten Stock steigt und sich dann am Briefschlitz meiner Wohnungstür zu schaffen macht. Ich erhalte nämlich sehr gerne Post. Sogar über Rechnungen und Werbung freue ich mich.

Doch dieser Brief kam von der GEZ, der Geldeinziehzentrale der öffentlich-rechtlichen Fernsehschickeria. Immer wieder schicken sie mir Briefe, manchmal kommen sie sogar persönlich vorbei, um mich in flagranti beim Fernsehen zu erwischen. Klappt aber nie. Sobald mir jemand seinen GEZ-Ausweis zeigt, sage ich »Auf Wiedersehen« und schließe die Tür. Einmal schrie mich einer dieser Büttel durch meinen Briefschlitz an, er würde jetzt die Polizei holen, damit die meine Tür aufbrechen und den Fernsehapparat finden, den ich doch haben müsse! Solch ein Vorgehen sagt doch alles über die Seriosität dieses Unternehmens aus.

Ich werfe die Briefe der GEZ ungeöffnet in den Müll. Auch weil ich das Design der Briefumschläge eine Unverschämtheit finde, dieses hellblau, das mir suggerieren soll: »Wir sind eine wichtige staatliche Behörde«, obwohl es gelogen ist, und zum anderen, weil ich kein Fernsehen schaue. Oder zumindest nur ganz, ganz wenig.

Um mal wieder zu sehen, ob sich dort etwas verändert hat. Hat es aber eigentlich nie, immer läuft gerade »Musikantenstadl« oder »Panda, Gorilla & Co« oder »Anne Will«. Das alles finanziere ich doch sowieso. Unsere Politiker, die bei Anne sitzen, erhalten unter anderem von mir ihr Salär, den Zoo subventioniere ich als Berlinerin natürlich durch meine Steuern, hin und wieder zusätzlich mit einer Eintrittskarte, und Knut-Gummibären habe ich auch schon mal gekauft. Und Musik, die kaufe ich mir manchmal in Musikgeschäften. Gut, nichts davon ist aus dem Programm des »Musikantenstadls«, aber immerhin. Ich sehe also überhaupt keine Veranlassung, dies alles noch mal zu unterstützen, indem ich GEZ-Gebühren zahle.

Der einzige, für den ich sehr gerne Gebühren zahlen würde, ist Ulli Zelle von der »Abendschau«. Denn den bewundere ich. Anlässlich dieses Textes habe ich einen Freund gebeten, mir eine Woche lang die »Abendschau« aufzunehmen, damit ich schreiben kann, was der Ulli innerhalb einer Woche alles erledigt. Leider hatte Ulli genau in dieser Woche frei oder war krank, sonst jedoch ist der so was von unermüdlich unterwegs in unserer Stadt, das ist bewundernswert.

Ulli ist zuständig für die Außenreportagen und vermutlich ist er der letzte verbliebene festangestellte Mitarbeiter des rbb. Als Außenreporter besucht er innerhalb von nur fünf Tagen die Grüne Woche, das Konzert der Woche, er trifft auf einem Dach einen Schornsteinfeger, besucht die Eisschwimmer vom Orankesee, steht im U-Bahnhof Altmariendorf und berichtet uns von den dortigen Bauarbeiten, er besucht den Presseball, ist während der Präsentationen der neuesten Flughafen-Tempelhof-Ideen vor Ort, sucht das Gespräch mit Lottospielern über deren Jackpot-Träume und fängt vor einer Schule Kinder ab, die ihre Zwischenzeugnisse in der Hand halten.

Ulli Zelle beschäftigt sich mit all diesen Nichtigkeiten, von denen eigentlich niemand etwas hören will und von denen ich, wenn nur ein oder zwei dieser Termine in meinem Kalender stehen würden, sehr schlechte Laune bekäme oder womöglich eine Krankheit, die mich für immer ans Bett fesseln würde. Ulli übernimmt alle kleinstädtischen Aspekte Berlins, die nach Meinung des rbb unsere Stadt so liebenswert machen, und er ist dabei immer erstaunlich fröhlich. Nicht übertrieben, so dass man ihn nicht mehr ertragen könnte, nein, er trägt eine freundliche Ruhe in sich, an der alles piefige, über das er berichten muss, einfach abprallt. Bewundernswert. Für Ulli also würde ich gerne zahlen. Jedoch nur an ihn persönlich, von mir aus auch ohne Quittung und gerne mit einer kleinen Reportage verbunden. Ansonsten kann mich die GEZ mal.

Durch den Playboy sah ich mich übrigens bestätigt. Der Playboy, das Magazin für den interessierten Literaturliebhaber, hat eine bundesweite Umfrage durchgeführt, welche Berufe Männer besser nicht wählen sollten, wenn sie für Frauen sexuell attraktiv sein wollen. Gerichtsvollzieher standen dabei ganz weit oben, Justizbeamte und Metzger will auch kaum eine Frau im Bett haben. Obwohl ich das mit den Metzgern nicht so recht verstehe, denn die können doch zumindest mit Fleisch gut umgehen. Im Großen und Ganzen gibt es keine Unterschiede zwischen den Bundesländern. In Bayern sind Zuhälter zum Beispiel genauso unbeliebt wie in Sachsen-Anhalt, und auch Bestattungsunternehmer gelten quer durch das Land als unerotische Berufsgruppe. Nur Berlin weist eine Besonderheit auf. Hier nämlich hassen die Frauen eine Berufsgruppe ganz besonders: die GEZ-Mitarbeiter.

Und das ist doch irgendwie wieder gerecht, finde ich. Vielleicht geht Ulli Zelle ja mal bei einer Frau vorbei und fragt sie, warum das wohl so ist. Ich würde mich anbieten.

KAISER'S AM POTSDAMER PLATZ

In der Schlange an der Kasse von Kaiser's am Potsdamer Platz stehe ich plötzlich hinter Friedrich Merz. Erst mal gucken – ist er es tatsächlich oder sieht nur jemand so ähnlich aus? Nö, ist eindeutig Merz. Wäre wohl die Gelegenheit, ihn mal etwas zu fragen. So als Volk. Nur was? Mir fällt tatsächlich nichts ein, zu dem mich seine Antwort interessieren würde. Ist das dieser verdammte Neoliberalismus? Man ist einfach zu müde und abgeklärt, um sich über einen Mann, der zu den schlimmsten Lobbyisten des Landes gehört, aufzuregen.

Ach, mir fällt doch etwas ein. Puh, doch nicht neoliberal.

»Warum, Herr Merz, treiben Sie sich immer noch in Berlin rum? Gehen Sie zurück ins Sauerland, wo Sie hingehören. Sie sind eine Beleidigung für diese Stadt.«

Das ist für den Anfang nicht schlecht, aber mir fällt noch etwas Besseres ein.

»Herr Merz, entschuldigen Sie, dass ich Sie so direkt anspreche. Aber wenn man ein so hohes Tier vor sich hat …«

Er setzt sein »Ich halte Kontakt zur Basis«-Gesicht auf, während er sich zu mir umdreht und sagt: »Ja bitte, wie kann ich Ihnen helfen?«

Ich lächle freundlich und antworte laut: »Stört es Sie

eigentlich sehr, dass Sie erst von der Zeitschrift Titanic, und seitdem von allen ›Fotzenfritz‹ genannt werden?«

Kaiser's am Potsdamer Platz erstarrt für einen Moment. Schön gemacht, Sarah. Jetzt bekommst du Hausverbot, ist ja alles Privatgelände, und Merz sitzt sicher auch hier im Aufsichtsrat.

Doch stattdessen blicke ich nur weiter in meinen Einkaufswagen, denn die Frage habe ich nur in Gedanken gestellt. Ich bin doch neoliberal, denke ich, und starre weiter auf meine Waren. Was ist das denn; da liegen Äpfel drin. Habe ich die dort hineingelegt? Sofort wieder raus damit.

Äpfel habe ich nämlich schon von meiner neuen Nachbarin geschenkt bekommen. Bis dahin hatte ich sie nur gehört, denn die Wohnung, in die sie eingezogen ist, wird nur durch eine dünne Pappwand von meiner getrennt. Ist sozusagen bloß ein Sichtschutz.

Vor ihr lebte ein stiller Alkoholiker dort, der war mir sehr angenehm, keine Geräusche hat er gemacht, nur manchmal nachts verzweifelt bei mir geklingelt, um über meinen Balkon in seine Küche zu steigen, wenn er seinen Schlüssel verloren hatte.

Aber jetzt wohnt Madeleine da. Und macht Krach. Und steht morgens um halb zehn, frisch gewaschen und allerhöchstens 18-jährig, mit einer halben Tüte Aldi-Äpfel verlegen vor meiner Tür.

»Guten Tag«, sagt sie, »ich wohne nebenan und habe Äpfel gekauft. Für mich sind das viel zu viele. Möchten Sie vielleicht ein paar haben?«

Ich bin verwirrt. Hat man sich früher nicht mit einer Flasche Sekt oder Schnaps als neuer Mieter vorgestellt? Was hat sie wohl für die anderen Nachbarn gekauft? Kartoffeln?

Ich setze mein »Ich interessiere mich enorm für das Leben junger Menschen«-Gesicht auf und sage: »Na dann, herzlich willkommen in unserem Haus. Gefällt es dir denn in deiner Wohnung?«

»Ja, ganz toll«, sagt Madeleine. Ich kenne die 40qm-Wohnung, Ofenheizung, kein Bad und die Toilette ist eine halbe Treppe höher, also im Hausflur. Das findet sie »ganz toll«? Na, mir ist es egal, ich bin ja neuerdings sowieso liberal. Trotzdem erscheint mir das Gespräch hier abgeschlossen. Man muss sich nicht das ganze Leben erzählen, nur weil man nebeneinander lebt.

Madeleine sieht das anders, denn sie redet weiter. »Ich bin übrigens seit gestern auf der Schauspielschule«, sagt sie.

Schauspielschule, das bedeutet, sie wird in den nächsten Monaten mehrere Nervenzusammenbrüche durchleiden, denn sie wird erkennen, wie schlecht und unbegabt sie ist und wie vergebens ihr Streben. Diese Zusammenbrüche wird sie sich erst zuhause gestatten. Hier wird sie hinter der Pappwand heulen, kreischen, schluchzen und sich auf dem Boden wälzen und dann wird sie erschöpft bei mir klingeln und um Unterstützung bitten. Wird sich Bohrmaschine und Mixer und Zwiebeln und Brot und Milch »ausleihen«, weil sie zu erschöpft war, nach der Schule einzukaufen. Sie wird darum bitten, ihre Wäsche bei mir waschen zu dürfen. Fragen, ob sie mal baden könne. Oder einfach ein bisschen bei mir sitzen. Und das alles will sie sich mit einer halben Tüte Äpfel erschleichen.

Nee, nicht mit mir! Ich lege meine Äpfel zurück in den Einkaufswagen. Die werde ich Madeleine zurückschenken. Werde an ihrer Tür klingeln und sagen: »Das war wirklich nett von dir, mir einfach etwas zu schenken. Das hat so lange niemand mehr gemacht. Ich bin ziemlich einsam. Darf ich mal rein?« Dann werde ich in ihrem Zimmer sitzen und ihr eine traurige Geschichte erzählen, die mein Leben sein könnte. Und sie wird sich denken: »Mist, die ist völlig ungeeignet, sich um mich zu kümmern. Die will, dass ich mich um sie kümmere. Wie werde ich die wieder los?« Nach einer Stunde erst werde ich wieder gehen und sie wird sich einen anderen Nachbarn suchen, bei dem sie ihre Sorgen abladen kann und mich tunlichst meiden. Damit wäre das Problem Madeleine gelöst. Fein.

Bleibt noch Friedrich Merz. Ich will nicht, dass der hier einfach rausgeht und denkt, die Menschen würden ihn mögen. Jetzt hat er bezahlt und packt, völlig unbeachtet und ohne einen einzigen Leibwächter neben sich, seinen Einkauf ein. Und dann zischt es plötzlich laut aus der Nebenschlange:

»Ey kiecka, da drüben steht Fotzenfritz.«

Merz zuckt merklich zusammen. Er hat es gehört und es stört ihn. Na bitte! Und ich finde mal wieder, dass Berlin die schönste Stadt der Welt ist, einfach schon, weil ich hier nicht alle Probleme alleine lösen muss.

DAS WIDERSPENSTIGE SPIEGELEI

Morgens gegen vier wankten wir nach einem ausführlichem Barbesuch zu unserem Freund nach Hause in die Küche. »Irgendwer noch Hunger?«, erinnerte er sich dort an seine Gastgeberpflichten. Wir verneinten.

»Ich aber!« Er öffnete den Kühlschrank, steckte den Kopf lange und schweigend hinein, bis wir dachten, er wäre eventuell eingeschlafen.

»Hallo, Micha, alles klar da drin?«

»Hier ist irgendwie überhaupt nichts zu essen.«

»Komm, ich guck mal«, bot ich mich an, ihm zu helfen. Der Kühlschrank war tatsächlich ziemlich leergefegt, doch meine sorgenden Triebe waren geweckt. In einer kleinen Aluschüssel fand ich schließlich ein aufgeschlagenes Ei. »Hier, ein Ei, ist doch toll. Das braten wir jetzt.«

Während wir gemeinsam mehr Bier tranken, bereitete Micha die Pfanne vor, goss Öl hinein und ließ sie heiß werden. In der Zeit beglückwünschten wir uns zu unserem überaus fähigen Umgang mit den Kochutensilien, trotz des vehementen Alkoholgenusses. Gelernt ist eben gelernt.

Das Fett war heiß genug, ich ließ das Ei aus der Aluschüssel in die Pfanne gleiten, in der Erwartung, ein astreines Spiegelei zu fabrizieren. Wir tranken weiter und nach fünf Minuten wollte Micha essen.

»Ey, das wird irgendwie überhaupt nicht fest. Also das Weiße vom Ei.«

Stimmt, wir beugten uns zu dritt über die Pfanne, das Eigelb war wie es sein sollte, nur das Eiweiß sah noch ziemlich genauso aus wie vor fünf Minuten.

»Dreh den Herd mal höher«, sagte ich.

Nach weiteren fünf Minuten war immer noch keine Änderung an dem Ei zu erkennen.

»Piepegal, ich esse das.« Micha kippte sich das flüssige Ei vorsichtig auf den Teller, schnitt hinein, steckte es in den Mund und spuckte es sofort wieder aus. »Ihh, was ist das denn? Das ist kein Ei!«

Gemeinsam wurde das Gericht seziert, in winzig kleinen Stücken probiert und schließlich erkannten wir es. Es war eine halbe Aprikose in ihrem eigenen Saft, die da einsam im Kühlschrank schwamm.

Eigentlich ja auch lecker, wenn man sich jedoch auf ein Ei gefreut hat, kann sogar eine Aprikose eklig sein.

BÜHNENÄFFCHENS PROBLEME

Ich muss zugeben: Ich habe eine gewisse übersteigerte Aufmerksamkeit mir gegenüber sehr gerne. Sonst stünde ich auch nicht auf der Bühne. Wir Künstler und Kulturschaffenden leiden fast alle an derselben Störung: Etwas in uns zwingt uns, wieder und wieder nach Bestätigung zu lechzen. Andere Menschen finden Aufmerksamkeit und damit Zuneigung vielleicht im Privaten, das tun wir auch, aber es reicht nicht. Wir wollen immer mehr. Und mehr. Und noch mehr. Glauben vielleicht, sonst wären wir nichts wert, wenn wir nicht in regelmäßigen Abständen angestarrt und beklatscht werden, für die Faxen, die wir auf Bühnen wie kleine Duracell-Äffchen zum Besten geben.

»Normale« Leute bekommen bei dem Gedanken, sich vor ein Publikum zu stellen Schweißausbrüche, Albträume und Panikanfälle. Die meisten finden sogar nichts schlimmer, außer vielleicht Zahnarztbesuche und Geburtswehen. Aber Bühnenkünstler? Wollen die gleiche Prüfungssituation – und nichts anderes ist jeder einzelne Auftritt – immer wieder bestehen. Unsere Noten sind der Applaus. Am liebsten möchten wir natürlich eine Eins plus erhalten, alles was über einer vier liegt, reicht zur Not auch. Dann überlegen wir, was wir das nächste Mal verbessern können.

Wir sind echt schlimme Streber. Es genügt einfach nicht, wenn zum Beispiel der Partner gebannt zuhört, während wir eine lustige Geschichte erzählen oder ein Lied singen. Wir drehen erst richtig auf, wenn mindestens zehn Leute da sind und wir im Mittelpunkt stehen.

Warum ist das so? Sind wir alle nicht gestillt oder zu spät abgestillt worden? Haben wir als Kinder zu wenig oder zu viel Liebe erhalten? Oder liegen doch hehrere Gründe vor? Weil wir Kultur wichtig finden? Ja. Weil wir Theater, Musik oder Literatur, sogar Comedy in uns fühlen und das raus will, in die Welt? Sicherlich. Weil wir den Menschen etwas mit auf den Weg geben wollen, und wenn es nur zwei Stunden Unterhaltung sind? Auch das. Letztlich läuft es aber doch immer wieder auf das eine hinaus: Wir sind Egomanen auf der ewigen Suche nach mehr Zuwendung und Anerkennung. Keine große Erkenntnis, einfach nur eine Tatsache. Mit der man leben muss. Und kann.

Manchmal geht diese Sucht nach Aufmerksamkeit aber so weit, dass das Privatleben zur Bühne wird. Dann wird's schlimm. So wie damals.

Ich war in Hamburg, hatte dort zwei sehr schöne Lesungen, mit allem Drum und Dran, also viele Zuschauer, viel Applaus und danach viel Alkohol und noch später viel schönes Hotel. Alles paletti. Während der Zugfahrt zurück in die schönste Stadt der Welt kurierte ich meinen Kater aus. Damit waren alle Körperteile ziemlich beschäftigt. Alle – außer dem Unterbewusstsein. Das schrie schon wieder: »Manno, niemand mag mich, ich muss mich mal wieder in den Vordergrund spielen, weiß gar nicht, wann ich das letzte Mal überhaupt von jemandem bemerkt wurde. Viel zu wenig Anerkennung bekomme ich.« So grummelte und quakte es blöde vor sich hin. Leider bemerkte der Rest von mir nichts davon.

Am späten Nachmittag kam ich am Hauptbahnhof an, am noch späteren Nachmittag zu Hause. Drei Treppen hoch, Tür aufschließen – niemand da. Wieder blökte es in mir: »Mensch, hätte sich doch frei nehmen können, der Freund, das ist doch das mindeste, immerhin waren wir eine ganze Nacht nicht zuhause. Typisch, niemand mag mich.« Der Rest von mir aber bemerkte immer noch nichts.

Ich ging auf den Balkon, ach, ist das schön hier. Und warm in der Abendsonne. Ich holte Bier, Kekse und Zigaretten und setzte mich. Kaltes Bier ist ja manchmal, nein, fast immer, das beste Getränk der Welt. Ich schaute, ob sich seit gestern in meiner kleinen Straße etwas verändert hat. Nö. Alles war wie immer. Und guck mal, die nette Nachbarin von gegenüber winkt. Ich winkte freundlich zurück und olles Unterbewusstsein war für einen Moment besänftigt. Merkt also doch jemand, dass ich zurück bin. Na bitte. Geht doch.

Die Nachbarin, die übrigens die einzig Sympathische im ganzen Haus dort gegenüber ist, in dem sonst nur Lehrer ohne Vorhänge wohnen, so dass ich immer sehen muss, welch traurige Abende vor dem Fernseher die verbringen, winkte gleich noch mal. Ich auch. Dann rief sie etwas Unverständliches.

»Was?«

»Ich wollte nur mal fragen, ob es normal ist, dass aus eurem Dach Rauch kommt?« Ich überlegte kurz, wir haben Ofenheizungen bei uns, es ist also normal, dass Rauch aus dem Schornstein kommt, andererseits war es viel zu warm zum Heizen. Wiederum andererseits wohnen in meinem Haus wirklich merkwürdige Menschen, denen ich ein sommerliches Heizen durchaus zutraute. Logischerweise rief ich zurück: »Kann ich nicht sagen. Kommt der Rauch denn aus dem Schornstein?«

Sie blickte konzentriert auf das Dach über mir. »Nö«.

Erst mal weiter fragen: »Ist es viel?«

»Ja. Ziemlich.«

»Und was soll ich jetzt machen?« Sie zuckte mit den Schultern.

Ich rief: »Ich geh mal nachgucken.«

Also ab ins Treppenhaus, zwei Stockwerke höher, der Dachboden war verschlossen, wie immer, ich sah keinen Rauch, alles war unauffällig. Dann lief ich ins Schlafzimmer, das zum Hof liegt, von dort könnte ich vielleicht auf das Dach schauen. Konnte ich aber nicht. Dafür roch es im Hof nach Rauch. Ganz eindeutig. Ich schaute, ob eine der Mülltonnen qualmte, ob aus einem der Nachbarfenster etwas herausquoll, doch entdecken konnte ich nichts. Zurück zum Balkon.

»Also ich sehe nichts, aber im Hof stinkt's nach Qualm. Raucht es denn immer noch?«

Sie nickte.

»Und was jetzt?«, fragte ich sie, »meinst du, ich soll die Feuerwehr anrufen?«

Sie überlegte, rief dann: »Ich weiß auch nicht, aber es qualmt echt ganz schön.«

»Ich kann das von hieraus gar nicht sehen. Willst du die nicht anrufen?«

Sie schüttelte den Kopf. »Nee, das trau ich mich nicht. Ist ja total peinlich.«

An dieser Antwort kann man übrigens erkennen, was für eine vollkommen gesunde Frau mir gegenüber wohnt. Ich aber, mit meinem Aufmerksamkeitsdefizit entschied: »Dann mache ich das.«

Zurück in die Wohnung, der Adrenalinspiegel war etwas gestiegen, 112 gewählt, dann: »Guten Tag, meine Nachbarin sagt, bei uns kommt Rauch aus dem Dach. Nein, ich sehe nichts. Geht auch nicht. Ist doch über mir. Nee, der Dachboden ist abgeschlossen. Aber im Hof riecht es schon nach Rauch. So mitteldoll. Sie kommen vorbei? Gut, aber es ist nicht wirklich schlimm, Sie müssen sich also nicht beeilen. Nein, wirklich nicht, ich bin nur ein wenig besorgt. Auf Wiederhören!«

Zurück auf den Balkon.

»Ich hab angerufen. Die Feuerwehr schickt jemanden vorbei. Ich hab gesagt, es ist nicht wirklich dringend.«

Wir kicherten gemeinsam über die Straße, ich nahm noch einen Schluck Bier. Wir warteten. Etwa dreißig Sekunden lange Stille in unserer kleinen Straße. Dann Sirenen. Viele. Laute. Ich wurde rot.

»Au weia«, rief ich, »die beeilen sich wohl doch.«

Sie nickte, schaute noch mal aufs Dach. »Jetzt ist es weg.«

»Was ist weg?«

»Der Rauch.«

»Echt?«

»Ja, komplett verschwunden. Nix mehr zu sehen.«

Im nächsten Moment bogen zwei Löschzüge, ein Polizeiauto und ein Krankenwagen in die Straße ein. Die war nun voll, denn sie ist wirklich klein und eng und sehr kurz. Das Blaulicht flackerte wild. An meiner Tür klingelte es. Na super. Ich drückte auf den Summer, kurz darauf rannten Feuerwehruniformen an mir vorbei aufs Dach. In voller Montur und ohne dabei auch nur ein bisschen zu keuchen. Bewundernd schaute ich ihnen hinterher, doch schon stand ein Brandmeister neben mir.

»Sind Sie Frau Schmidt?«

»Ja.«

»Sie haben uns gerufen.«

»Mhm.« Ich schilderte ihm die Situation, betonte immer wieder, es sei aber nicht schlimm und dass ich dies auch wirklich am Telefon gesagt hatte. Und verschwieg, dass der Rauch schon nicht mehr zu sehen war.

Ich schob stattdessen alles auf die Nachbarin. »Die hat gesagt«, sagte ich, und »Na, sie meinte, es käme nicht aus den Schornsteinen« und »Nein, ich habe gar nichts gesehen, wie denn? Da ist doch noch ein Balkon über meinem, der versperrt komplett die Sicht auf das Dach.«

Der schicke Brandmeister möchte sich die ganze Situation persönlich ansehen, von meinem Balkon aus. Ich ging vor, er kennt den Weg ja nicht.

Und stand auf der Bühne. Der ganz großen. Jeder Balkon der Straße war besetzt mit Publikum, aus jedem geöffneten Fenster schauten Köpfe, auf der Straße sammelten sich schnell weitere Zuschauer. Die für jeden Auftritt notwendige Beleuchtung lieferten die Blaulichter. Einer der unmöglichen Lehrer von gegenüber hatte seine Kamera gezückt und filmte alles. Türkenkinder umringten die Löschzüge. Als der Brandmeister hinter mir auf den Balkon trat, war auch allen klar, wer verantwortlich war für diese Show: Ich.

Die Nachbarin von gegenüber wurde lautstark befragt, ich zog währenddessen schnell den Lippenstift nach. Wenn man schon gefilmt wird, will man doch gut aussehen. Das ganze Haus war voller Feuerwehrmänner. Alle sahen überraschend gut aus. Muskulös. Die Uniformen waren außerordentlich schick. Und dass mir, die Uniformen doch eigentlich überhaupt nicht mag. Aber die von der Feuerwehr, nee, da kann man nichts gegen sagen, die sind sehr vorteilhaft. Ich stand mit dem schmucken Brandmeister auf dem Balkon, er sprach in sein Funkgerät, ich bot ihm ein Bier an, er lehnte lächelnd ab, er sei schließlich im Dienst. Bin ich auch, dachte ich.

Hin und wieder kamen andere Feuerwehrburschen zu uns und berichteten. Ja, im Hof röche es. – Gottseidank! Man konnte mich also nicht für vollkommen wahnhaft halten. – Nein, die Tür zum Boden ist verschlossen. Ja, eine Stahltür. Nein, von der Straße aus kann man nichts sehen.

Herr Brandmeister beschloss, dass das Ganze von oben aus betrachtet werden müsse und gab den Befehl, die Drehleitern auszufahren. Alle freuten sich. Ich zog währenddessen in Erwägung, von den Zuschauern Spenden für die Show einzusammeln. Wurde abgelenkt von drei jungen, unverschämt gutaussehenden Männern in Uniform, die langsam im Korb der Drehleiter höher und höher schwebten.

Als sie auf Höhe des Balkons, ich meine, der Hauptbühne waren, bot ich ihnen Kekse an. Einer nahm zwei, dann schwebten sie glücklich einen Stock höher.

Ich schaute, was das Publikum auf der Straße machte, ob noch alle aufmerksam waren – und sah meinen Freund nach Hause kommen. Er stieg aus dem Auto, er sah die Feuerwehr, die Polizei und das Ambulanzauto, er blickte nach oben, fand schnell mich und den Brandmeister und wurde blass. Er mag es nicht, im Mittelpunkt zu stehen. Egal, the show must go on.

»Hallo«, schrie ich ihm zu, »keine Sorge. Es ist nichts Schlimmes.«

Das sah er anders, denn sofort blickte die Straße geschlossen und äußerst interessiert zu ihm. Schnell verschwand er im Hauseingang.

Kurz darauf kam die Drehleiter wieder vorbei. »Ist nichts zu sehen«, sagten die hübschen Männer mit Enttäuschung in der Stimme.

»Tut mir leid«, sagte ich.

»Besser einmal zu oft, als einmal zu wenig angerufen«, sagte der Hauptmann. In diesem Moment wurde mir klar, dass ich mit einem Seelenverwandten auf der Bühne stand. Auch er genoss die allgemeine Aufmerksamkeit. Doch jetzt wurde das Blaulicht abgeschaltet, der Krankenwagen fuhr weg, die jungen Feuerwehrmänner sammelten sich an ihren Löschzügen, die Vorstellung war vorbei.

Die Balkone leerten sich. Ich blieb noch einen Moment stehen und wartete auf den Applaus. In mir drin hörte ich ihn, er war laut und tosend, es wurden Zugaben verlangt. Ich lehnte ab, man soll das Publikum immer noch etwas hungrig zurücklassen, ich verließ die Bühne, der Freund war endlich nach oben geschlichen, begrüßte und verabschiedete gleichzeitig den Brandmeister, holte sich ein Bier aus dem Kühlschrank und fragte: »Was war das denn?«

»Ich weiß auch nicht genau, aber ich fühlte mich so unwichtig. Und leer. Niemand hat mich beachtet. Es ist nicht einfach, ein Künstler zu sein. Wirklich nicht«, antwortete ich.

Insgeheim jedoch dachte ich: Das war 'ne Eins-mit-Sternchen-Show.

LINDA

Einen meiner Nachbarn treffe ich regelmäßig im Café an der Ecke. Treffen ist nicht ganz das richtige Wort, er sieht mich durch die Schaufensterscheibe, hebt den Arm zum Gruß, ich schicke ein automatisches Nachbarerkennungslächeln durch die Scheibe und schon sitzt er neben mir. Manchmal versuche ich ihn zu übersehen, indem ich in Zeitungen schaue, auch das versteht er als Einladung, sich zu mir zu setzen.

»Na, liest du?«, sagt er dann und ich sage »Ja« und er sagt »Ich hab dich von draußen gesehen, ich darf mich doch einen Moment setzen, oder?«, und dann sage ich wieder »Ja«.

Immer ist er atemlos und immer kommt er gerade vom Einkaufen. Und das ist für Michael eine Tagesaufgabe. Denn Michael hat ganz bestimmte Vorstellungen von einem Einkauf. Es ist mehr ein Jagen als ein einfacher Supermarktbesuch.

»Ich hab sie«, sagt er zum Beispiel. Und zieht aus einer Tüte eine Flasche Sojasoße heraus. Dann kommt eine lange Erklärung. Er hat sich in den Geschmack einer ganz bestimmten Sojasoße von Plus verliebt, ist geradezu süchtig danach geworden. Nachdem er vielleicht drei oder vier Flaschen davon verbraucht hat, nimmt Plus sie aus dem Sortiment. Er steht vor dem Regal, sucht und sucht und findet sie nicht. Wie es bei Süchtigen üblich ist, fängt er an zu zittern, er glaubt an ein Versehen, er fragt die nächststehende Verkäuferin, wann seine Sojasoße wieder erhältlich ist und bekommt regelmäßig die Antwort: »Die führen wir nicht mehr.«

Michaels Welt bricht zusammen, er klappert sämtliche Plus-Märkte der Stadt ab, kauft die letzten beiden erhältlichen Flaschen und verbraucht sie doppelt so schnell, wie die vorhergegangenen, einfach weil er weiß, es sind die letzten.

Danach setzt er sich auf sein Rennrad und sucht. Wie ein Spürhund durchstreift er sämtliche Asiamärkte, das KaDeWe, Spätkäufe und türkische Märkte auf der Suche nach seiner Soße. Manchmal ist er erfolgreich, beklagt sich dann allerdings über den Preis. Wenn er den Sojasoßenentzug hinter sich hat, kommt etwas anderes, eine ganz bestimmte Schuhcreme, das einzige Shampoo, von dem er glaubt, dass es wirklich, wirklich gegen Schuppen hilft, die leckersten Bonbons der Stadt. Und immer verschwinden seine Produkte nach kurzer Zeit aus den Regalen.

Erst dachte ich, er spinnt halt, er ist einer der Manischen, die die Stadt bevölkern und das stimmt haargenau. Doch da er mir seine Produkte immer so genau beschrieb, sie zeigte und mich kosten ließ, hielt auch ich die Augen offen und kam zu dem Schluss: Er hat völlig recht. Jede einzelne seiner Begehrlichkeiten sah ich in ganz normalen Geschäften und irgendwann waren sie fort. Wie vom Erdboden verschluckt. Michael lebt mit einem Fluch und er tut mir wirklich leid. Was ich gerne mag, gibt es eigentlich mehr oder weniger immer, was er will, immer nur so lange, bis er abhängig davon ist.

An einem Donnerstag war es wieder so weit, er fing mich im Café ab.

»Ich hab dir etwas mitgebracht«, sagte er und hielt mir einen Sack Kartoffeln entgegen.

»Oh«, sagte ich, »Kartoffeln, na toll, danke.«

»Nein, das sind nicht irgendwelche Kartoffeln, das sind Linda-Kartoffeln. Die gibt es bald nicht mehr.«

»Ist klar«, antwortete ich.

»Nein, das ist nicht wie sonst, diesmal weiß ich es vorher!« Er sah mich triumphierend an.

»Ja, Michael, du lernst halt, ist doch klar, wenn du die gern magst, werden sie aus dem Sortiment genommen.

»Nein, es ist anders.« Er nahm einen Schluck aus meinem Kaffeeglas.

»Linda ist die beliebteste Kartoffel überhaupt und ein Politikum obendrein. Da hat Europlant, ein Nahrungsmittelkonzern, das Patent drauf, seit dreißig Jahren, und die Bauern, die Linda anbauen, müssen an Europlant zahlen. Und zwar doppelt zahlen. Einmal wenn sie Linda anbauen und dann noch mal, wenn sie, aus ihrer eigenen Ernte, welche für die Saat im nächsten Jahr behalten. Und jetzt sagt Europlant: Wir wollen, dass Linda überhaupt nicht mehr angebaut wird. Verstehst du?«

»Nee, nicht so ganz.«

»Na, weil nach dreißig Jahren ein Patent ausläuft und

dann kann jeder wieder Linda anbauen, ohne an die Firma zu zahlen. Also verbieten sie den Bauern Saatkartoffeln für das nächste Jahr zu behalten, die sammeln die unter Polizeischutz ein. Weil sie wissen, dass Linda die am meisten gekaufte Kartoffel ist. Wenn Europlant nichts mehr daran verdienen kann, soll es sie einfach nicht mehr geben und wir müssen dann schlechtere Kartoffeln kaufen. Das ist doch eine ausgemachte Schweinerei. Und außerdem: Kartoffeln, die gehören doch sowieso eigentlich allen. Nutella nicht, das gehört Nestle, und Rührei für die Mikrowelle gehört den Idioten, die es erfunden haben. Aber Kartoffeln und überhaupt Pflanzen, die gehören doch einfach mal allen Menschen. Die gab es schon immer. Und ein Patent gibt es doch nur für etwas, dass man selber erfunden hat.«

»Ach so, stimmt eigentlich«, sage ich und finde Michael auf einmal gar nicht mehr so verrückt wie sonst.

»Und dieser Konzern, der zahlt natürlich nichts an die Indios, die die Kartoffeln ja ursprünglich kultiviert haben. Stell dir das mal andersrum vor. Die Indios sitzen nicht mehr nur in der Fußgängerzone rum und spielen auf ihrer furchtbaren Panflöte, sondern klingeln an deiner Tür und kontrollieren, ob du Pfefferminze auf deinem Balkon anpflanzt. Und wenn, dann musst du Strafe zahlen, und zwar ordentlich. Und zum Schluss verbieten sie Pfefferminze einfach ganz.«

»Nee, das wäre blöde.«

»Ganz genau, und vor ein paar Monaten ist das alles vor so eine Art Gericht gegangen, das Bundessortenamt, und die entscheiden bis zum Jahresende, was mit Linda wird.«

»Ok, und was willst du dagegen tun?«

»Natürlich Linda kaufen und horten. Und wenn die wirklich verboten wird, dann verschenke ich meine Bestände an Bauern. Ich hab schon alles aus meinem Keller rausgeschmissen, damit ich genug Platz habe, ich steige da ganz groß ein.«

»Ach Michael.«

»Doch, doch, endlich habe ich eine Chance, mal ein Produkt vor dem Aus zu retten. Machst du mit?«

»Wie?«

»Na, kann ich deinen Keller haben?«

»Nee, ich habe gerade zwei Tonnen Kohlen geliefert bekommen, der ist voll.«

»Kohlen, Kohlen, Mann Sarah, hier geht es um wichtigeres als deinen warmen Hintern, hier geht es um Kartoffeln. Dann überlass mir wenigstens eines deiner Zimmer.«

Jetzt war Michael doch wieder verrückt und ich schickte ihn fort.

Mittlerweile ist Linda gerettet. Und Michael ist darüber sicher glücklich. Oder längst wieder auf der Suche nach einem anderen ausgemusterten Produkt. Aber hoffentlich braucht er nie wieder meinen Keller.

WO DIE IGEL LÄRMEN

Das erste Mal wird es ganz beiläufig ins Gespräch gebracht. Wir könnten ja mal wieder. Wäre schon schön. Vielleicht am Freitag oder Samstag. Ja, mal sehen, wie es sich so ergibt. Lass uns einfach auf eine Einladung hoffen.

Und kurz darauf kommt der ersehnte Anruf: »Habt Ihr Lust, zum Grillen vorbeizukommen?«

»Ja, klar. Sollen wir was mitbringen?«

»Das Übliche.«

Also Alkohol, denn Fleisch und Fisch und Salat gibt es beim Grillen sowieso immer zu viel, Bier meist zu wenig. Und dann, am Samstag, ist es soweit: Angrillen im Lichtenrader Garten der Freunde.

Schon die Fahrt mit der S-Bahn ist ein Erlebnis. Ein Mann mit einem großen Messer im Hosenbund streift mit bösem Blick durch den Zug. Vermutlich auf der Suche nach einem Opfer. Ich möchte heute nicht umgebracht werden und krame darum schon mal nach einer Dose Bier zur Besänftigung. Als er bei uns angekommen ist, sagen wir: »Hallo! Trinkst du eins mit?« Der Böse verwandelt sich in ein liebes Hauskätzchen, das sich sehr freut, mit Karacho anstößt, uns zu seinen besten Freunden erklärt und dann laut »Prost allerseits!«

in den Waggon ruft. Die anderen Fahrgäste murmeln brav zurück und schauen uns sehr dankbar an. Augenscheinlich wollte heute niemand umgebracht werden.

Im Freundeshaus angekommen müssen wir uns die neueste Heimwerkerarbeit ansehen. Die Wände der Gästetoilette wurden mittels einer aufwendigen und langwierigen Spachtelmaltechnik orange gestrichen. Monatelang hat der Hausherr seine Freizeit im Klo verbracht, sieben Schichten Farbe und Spezialputz aufgebracht und wieder abgeschmirgelt und übermalt. Sehen kann man das alles eher nicht, aber es sei wasserfest und die Technik käme aus Marokko. Wir sagen »So, so« und »Aha!« und »Na schau an, was du alles kannst« und dürfen dann in den Garten.

Bier und Wein, Fleisch und Fisch, Gemüse und Salat werden ins Freie gebracht, die Gartenbänke von Vogelkacke befreit, der Tisch gewischt, der Grill entstaubt. Der Garten wird bewundert, guck mal, der Rosmarin blüht, hast du so etwas schon mal gesehen? Und hier, die Pfingstrose hat ihre Blüten ausgebreitet wie große weiße Seidentücher.

Einer, immer ein Mann, fängt dann an, Kohle auf den Grill zu legen, damit kommt der erste Streit des Abends auf. Das Feuer macht man doch nicht mit Spiritus! Wie unsportlich! Der Mann jedoch kontert mit seiner überaus langen Grillerfahrung und gießt noch einen Spritzer Sprit auf die brennenden Kohlen.

Nun heißt es warten, bis nur noch heiße Glut im Grillbecken ist. Die eine erzählt von ihren Wanderjahren als

Schmiedin, der nächste berichtet, sein Bauchumfang sei durch eine so genannte Meyerkur auf 107 Zentimeter geschrumpft, eine Frau weiß, dass dies genau ihr Umfang war, wenige Tage bevor sie ihre Zwillinge gebar. Damals vor vielen Jahren.

Die alte bösartige Mutter des Heimwerkerfreundes sitzt mit am Tisch, sie findet alle Gespräche langweilig oder wahlweise unter Niveau, und bricht deshalb und aus Prinzip einen Streit mit ihrem fast 50-jährigen Sohn über die Temperatur des Weines vom Zaun. »Der ist viel zu warm! Eine Schande. Hab ich dir nicht beigebracht, wie man seine Gäste behandelt?«

»Mutter, du hattest nie Gäste und der Wein ist nicht zu warm, das ist Rotwein, der muss so sein.«

»Ach, will mein Herr Sohn mir etwa erklären, wie Wein temperiert sein muss. Mir? Ich trinke schon länger als du überhaupt lebst.«

»Ja, Mutter, ich weiß.«

»Und nenn mich nicht immer Mutter, das macht alt.«

»Du bist 84, das ist alt. Mutter.«

Alle anderen sind froh, dass ihre Mütter nicht anwesend sind und lauschen gespannt. Doch der Disput ist leider schon vorbei und man überlegt gemeinsam, ob Insekten und Fische eigentlich ein Herz besitzen. Niemand weiß es, außer der Mutter, doch der Sohn schneidet ihr das Wort ab: »Mutter, das interessiert niemanden!« Das stimmt nicht, denn die Mutter ist die einzige, die hier für Stimmung sorgt.

Egal, es wird angestoßen und das erste Fleisch auf

den Rost gelegt. Die Sonne ist untergegangen, die Nachtigall versucht zu singen, doch es hört sich irgendwie falsch an, als hätte sie Kehlkopfkrebs. Trotzdem, man hört andächtig zu.

Die Mutter fängt an, mit dem Sohn darüber zu streiten, ob eine Pflanze in seinem Garten eine Clematis ist oder nicht. Sie meint nein, der Sohn widerspricht. Solange geht es hin und her, bis er schreit: »Mutter, das ist sogar deine Clematis. Ich habe sie letztes Jahr aus deinem Garten geklaut. So, und jetzt ist Ruhe.«

Der indische Freund berichtet, er erhielte nächsten Monat endlich seine deutsche Staatsbürgerschaft. Hat alle Hürden genommen, zwei Jahre für viel zu wenig Geld gearbeitet und sich nichts zuschulden kommen lassen. Endlich nach England reisen können, ohne Visum. Darauf freut er sich. Die anderen raten ihm, sich am Tag nach der Einbürgerung erst mal arbeitslos zu melden. Man habe schließlich nicht nur Rechte, sondern genauso Pflichten in diesem Land.

Langsam sind alle betrunken und fahren nach Hause, zurück in die große Stadt. Die Luft ist samtig, drei sitzen noch auf der Gartenbank, füllen ihre Gläser ein letztes Mal, gucken in die Sterne und rauchen einen Joint.

Die Mutter ist eingeschlafen, ich frage, ob man ihr nicht eine Decke überlegen sollte, der Sohn erwidert: »Nein. Höchstens ein Kissen. Auf's Gesicht.« Sie schnarcht leise vor sich hin.

Doch gerade bevor es zu romantisch wird, raschelt und schmatzt es laut aus den Tiefen der grünen Umgebung. Horch mal, hast du das gehört? War das die Mutter? Nö.

Man schweigt, lauscht angestrengt, und ja, da ist eindeutig etwas. Und dann sieht man zwei Igel lärmend über die Wiese laufen, Nase an Hintern, auf der Suche nach einem leckeren Schneckenmahl.

Nun gehört der Garten ihnen, wir gehen.

ÜBER BRÜCKEN

Eine der großen Erfindungen der Menschheit, neben Reißverschluss und Rad, Feuer und Klingelton-Abo, ist die Brücke.

Mit ihrer Hilfe können Menschen, die auf der einen Seite eines Flusses wohnen, endlich jene besuchen, die auf der anderen Seite leben und herausfinden, dass diese Leute genauso uninteressant sind wie die des eigenen Dorfes. Früher, als es noch keine Brücken gab, konnten sie nur neidisch aus der Ferne auf die Gärten am anderen Ufer blicken und sich ausmalen, wie lecker dort wohl alles schmeckt und feststellen, dass die Mädchen an der anderen Flussseite auch viel hübscher aussehen. Zumindest von weitem. Wollte jemand damals aber unbedingt einen Fluss überwinden, weil er sich, zum Beispiel, unsterblich in das junge, schlanke und langhaarige Mädchen von gegenüber verliebt hatte und es vor Sehnsucht nicht mehr aushielt, musste er sich erst mühsam ein Boot bauen. So ein Bootsbau ist nicht ohne und dauert ein paar Monate. In der Zeit hat sich das wunderschöne Mädchen vom anderen Ufer längst einen anderen Freund gesucht. Wenn sie geduldig war und weiterhin abends herüberwinkte, glaubte der junge Mann an sein Glück. Um kurz darauf festzustellen, dass es mit seiner handwerklichen Begabung nicht besonders weit her war, denn das Boot leckte, ging unter und der Junge selbst stand mit nassen Hosen mitten im Fluss wie ein begossener Pudel. Aus der Liebe wurde natürlich nichts, denn welche Frau möchte schon einen solchen Loser haben? Ein Hoch auf den, der in dieser peinlichen Situation zumindest schwimmen konnte. Wer Glück hatte, wohnte in einem Dorf mit einem findigen Businessman, der erkannte, welche Marktlücke die Überfahrt auf die andere Seite sein könnte. Geschäftstüchtig ließ er sich ein Boot vom örtlichen Tischler zum Sonderpreis bauen und stellte einen Ein-Euro-Jobber an oder einen Praktikanten, denn selber rudern, das ist nichts für einen Mann von Welt. Der Jobber hoffte natürlich auf eine Festanstellung, Tag und Nacht ruderte er immer und immer wieder hin und her. Als die Ein-Euro-Kraft merkte, dass der Chef nur auf seinen eigenen Profit aus war und keineswegs daran dachte, ihn festanzustellen, sank die Arbeitsmoral, er fing an zu trinken oder verschlief und niemand konnte sich mehr darauf verlassen, tatsächlich zum anderen Ufer gebracht zu werden.

Aber dann! Streik im Dorf! Aufstand! Wir wollen nicht mehr all unser Geld dem feinen Herrn Bootsbesitzer in den Rachen werfen! Wir denken uns jetzt selber was aus!

Es wird noch eine Weile gedauert haben, dann war sie da: Die Erfindung der Brücke!

Vermutlich waren die ersten Exemplare nicht besonders tragfähig oder gar komfortabel, doch mit der Zeit wurden daraus astreine Konstruktionen, die sich schnell überall vermehrten. Die große Zeit der Fährenbesitzer mit den goldenen Nasen ging zu Ende und mittlerweile gibt es kleine Fähren fast nur noch aus nostalgischen Gründen. Die Brücken hingegen führen nicht mehr nur über Flüsse, auch Autobahnen hätten sich ohne sie niemals durchsetzen können. Gefahrlos überquert man gemütlich Autobahn, Schnell- oder Bundesstraße, kann von oben den Fahrern unten zuwinken oder auf Autos spucken und schnell zur anderen Seite rennen, um zu sehen, ob die Spucke auf dem ausgewählten Fahrzeug gelandet ist. Sogar ganze Kontinente werden durch Brücken miteinander verbunden, etwa in Istanbul.

Auch in Berlin haben sich Brücken bewährt. Inzwischen haben wir mehr davon als Venedig, laut Wikipedia genau 916, und keine Schiffsrundfahrt vergisst, darauf aufmerksam zu machen. Touristen, die Stadtrundfahrten mit dem Dampfer buchen, müssen an der Stelle, an der jeder Wasserstadtführer sagt: »Ich weiß nicht, ob Sie es wussten, Berlin hat mehr Brücken als Venedig!«, verwundert und überrascht schauen und »Na so was!« oder »Das hätte ich nun wirklich nicht gedacht!«, rufen, sonst werden sie über Bord geworfen.

In Dahlem gibt es sogar ein Brücke-Museum, doch wer dort auf Bauwerke hofft, wird enttäuscht, es hängen nur Bilder an den Wänden und meines Wissens nach zeigt kein einziges eine solche Konstruktion. Die Gemälde sind aber trotzdem sehr schön und ein Besuch lohnt sich.

Brücken sind insgesamt eine durch und durch gute Sache für Menschen, die nicht wie ich, unter Höhenangst leiden. Zumindest befällt mich diese Phobie nicht auf Brücken. Jedenfalls auf den meisten Brücken fühle ich mich sicher. Also, solange sie aus solidem Stein oder besser noch Beton gebaut, nicht zu lang und nicht zu hoch sind, nicht an mir unsicher erscheinenden Stahlseilen hängen und bei leichtem Wind hin und her schwanken, komme ich mit ihnen gut klar.

Eigentlich gelten Brücken als Symbol der Überwindung trennender Grenzen und auch ich konnte dieser Definition der Vereinigung absolut zustimmen. So war es jedenfalls bis vor einiger Zeit. Bis zu der Zeit, als sich mein Blick auf die Welt änderte. Das geschah ganz unmerklich und hat wahrscheinlich etwas mit dem Alter zu tun.

Früher, da war meine Welt nämlich viel einfacher. Es gab in Westberlin auf der einen Seite die so genannten »Spießer«, die gegen alles waren, das irgendwie Spaß versprach. Die noch in den achtziger Jahren von langhaarigen Pennern sprachen, wenn sie Studenten meinten, die dachten, Kiffer würden sich Haschisch spritzen, die sich in der freiwilligen Polizeireserve, der CDU oder FDP engagierten und die jede Lebensäußerung von unter Vierzigjährigen mit einem giftigen »Geht doch nach drüben!« kommentierten. Wobei mit »Drüben« natürlich die DDR gemeint war. Sympathisch waren diese Menschen nicht, mir verhalfen sie jedoch zu einer klaren Einteilung. Da waren die Doofen und auf der anderen Seite, also auf meiner, die Coolen.

Heute ist das anders. Ich weiß nicht mehr, wen ich blöde finde und wen nicht. Eine Folge davon ist, dass ich mehr und mehr einfach alle verachte.

Ein Beispiel für diese komplizierte Welt: Wenn ich abends nach Hause gehe, muss ich die Kreuzberger Admiralbrücke überqueren. Und diese Brücke hat seit einiger Zeit ganz neue Aufgaben. Jahrzehntelang tat sie das, was von Brücken erwartet wird. Sie führte über den Landwehrkanal und sonst nichts. Jetzt ist die arme Admiralbrücke aus dem Gleichgewicht geraten. Steht nicht mehr für das Überwinden von Gräben, sondern genau für das Gegenteil. Für Zwietracht, Zwist und Ärger. Sie trennt statt zu verbinden. Das ist eine zu große Aufgabe für eine zu kleine Brücke.

Und diese Brücke ist wirklich klein, jahrelang war sie sogar ganz unscheinbar. Früher wohnte ich mal direkt an ihr, in einem Haus, das damals besetzt war und heute ein Ausbildungszentrum für junge Köche ist. Dieses Haus sieht ziemlich langweilig aus, vor fast fünfundzwanzig Jahren malten wir an die graue Fassade das Bild eines riesigen, sitzenden Mannes, der mit einem Gewehr in seinen Händen über die Admiralbrücke blickte. Warum? Eine gute Frage. Ich weiß es nicht, wir fanden das halt cool.

Dieses Haus, in das ich mehr oder weniger zufällig einzog, weil ein anderes, in dem ich vorher lebte, geräumt worden war, hatte keinen guten Ruf in Kreuzberg. Fast alle besetzten Häuser trugen Namen, es gab den »Turm«, das »Rauchhaus«, das »Kerngehäuse«, das

»Besetzer-Eck«, die meisten Häuser jedoch benannten wir mit einer Abkürzung, die sich aus dem jeweiligen Straßennamen und der Hausnummer ableitete. Man wohnte in der »O 3« oder »A 6«, ich landete in der »A 20«. Intern hatte die »A 20« einen zweiten Namen, der mich hätte misstrauisch machen sollen: »Das Psychohaus«.

Warum es ausgerechnet diesen Namen trug, merkte ich schnell nach meinem Einzug. Es lebten Verrückte dort. Ein paar davon waren Künstler, hauptsächlich Maler, andere waren einfach so verrückt. Im Keller wohnte »Hinkebein«, ein älterer Mann, dessen eines Bein gute zwanzig Zentimeter länger als das andere war, und der mit großem Vergnügen bunte Rüschenröcke trug. Sein größter Spaß bestand darin, Leute zu erschrecken, indem er aus dunklen Ecken überraschend hervorsprang und anfing zu schreien. Ich hatte immer Angst, nach Hause zu gehen. Er hatte viel Spaß. Im gesamten ersten Stock hatten wir die Zwischenwände abgerissen, so dass ein einziger, wirklich riesiger Saal entstanden war. Dessen Fenster waren mit blauer und grüner Folie überklebt, kein Sonnenstrahl drang durch die Folie, die Etage schwamm in einem diffusen Unterwasserlicht, wie ein schlechtbeleuchtetes Aquarium. In der Mitte des Aquariums stand ein großer Billardtisch, sonst nichts.

In den anderen Etagen lebten: der Mann, der sich weigerte, Toiletten zu benutzen und stattdessen in Flaschen pinkelte. Sobald diese sein Zimmer komplett belegten, zog er in ein anderes. Natürlich ohne seine Hinterlassenschaften zu entsorgen; die Frau, die darauf bestand, Schneewittchen genannt zu werden; drei Junkies; »Sunshine«, eine unfassbar dünne Frau, die vor Jahren auf einem LSD-Trip hängen geblieben war und sich seitdem nur laut schimpfend artikulierte. Und ich.

Doch ich hatte ein Zimmer mit Wasserblick. Schön war es dort und vor allem nachts: sehr, sehr still. Die Brücke lag schlafend im Dunkeln und wurde nicht häufig benutzt. Blickte ich aus meinem Fenster konnte ich sie, wann immer ich wollte, anschauen. Doch das wollte ich nicht oft, denn sie war einfach ganz und gar gewöhnlich.

Jetzt ist die Brücke so berühmt geworden, dass jeder Berlin-Reiseführer sie beschreibt, weil der Sonnenuntergang hier ganz besonders romantisch daherkommt. Und auch wenn die Sonne längst verschwunden ist – solange das Wetter gut ist, sitzen hier Menschen. Viele Menschen. Menschen, die mich nicht vorbeilassen, weil sie es nicht lässig finden, die Beine anzuziehen. Die sogar Fahrradfahrern verächtliche Blicke zuwerfen, weil Fahrräder ihrer Meinung nach viel zu schnell sind und überhaupt: Das sei schließlich ihre Brücke! Und die Vorbeigehenden mögen gefälligst Respekt zeigen und stehen bleiben, um ihnen bei ihrem tollen Sein zuzusehen. Denn natürlich braucht man Publikum, sonst macht es keinen Spaß, jung und doof zu sein.

Zusehen soll ich also, wie sie brennende Fackeln in die Luft werfen und die meisten fallen lassen, denn sie üben noch. Zuhören soll ich ihnen bei dilettantischen

Gitarrenübungen, denen es an Originalität, doch nicht an Lautstärke fehlt, denn sie haben kleine Verstärker dabei. Mitmachen soll ich, wenn sich durch diese Gitarren die Bongospieler zu einer Session aufgerufen fühlen. Obwohl, das kann man den Gitarristen nicht wirklich vorwerfen, denn die Bongoisten fühlen sich durch jede Kleinigkeit animiert loszutrommeln. Diese Brückenbelagerer machen also Krach, trinken Bier, drücken die Kronkorken zu Hunderten in den von der Sonne weichen Asphalt, mit den Zacken nach oben, und wenn sie die Bierflaschen zerschlagen, wird es besonders lustig.

Sie sind so jung, zumindest die meisten, und gleichzeitig so verstaubt und rückwärtsgewandt, dass mir schlecht wird. Denn was klampfen sie auf ihren Gitarren? Beatles und Jimmy Hendrix und Bob Dylan. Also eigentlich dasselbe wie ihre Großeltern. Die sich auch bongospielend im Dreck auf Festivals wälzten, kifften, Gitarren zupften und gegen Atomkraft waren. Wie kann man denn tatsächlich heute noch fasziniert »Oho!« rufen, nur weil jemand Feuerfackeln herunterfallen lässt? Haben die denn gar nichts eigenes, nichts, bei dem ich wirklich stehen bleiben könnte, um mir zu denken: »Hui, die jungen Menschen, also das ist aber ein Ding, was die da machen. Toll. Und neu!«

Die Antwort: Nein. Sie haben nichts.

Und darum lautet mein Fazit: Die Brückenmenschen nerven und sind sehr blöde und ich bringe ihnen weder Toleranz noch Sympathie entgegen. Das sind also die

Doofen in meiner kleinen Weltanschauung. Und zwar eindeutig.

Bin ich daher eine Spießerin? Die gegen den Krach wettert, gegen die Jugend und das Trinken in der Öffentlichkeit? Die nach mehr Ordnung ruft? Vielleicht. Wären da nicht die Anwohner der Admiralbrücke.

Die waren in den frühen achtziger Jahren die Guten. Haben sich eingesetzt für Hausbesetzungen und gegen Arbeitslosigkeit, haben die ersten Bioläden mitgegründet und waren Teil der Westberliner Linken. Dann bekamen sie, durch Beziehungen, die Wohnungen am Landwehrkanal. Und wurden plötzlich Lehrer, Professoren, Künstler. Richteten sich ein in den großen Altbaupalästen mit den schönen Balkonen. Ein paar ausländische Mitbürger mussten sie aufnehmen, um der Sozialpolitik in Kreuzberg Genüge zu tun. So weit, so verständlich.

Doch es war ihnen noch nicht hübsch genug in ihrer Kuschelecke. Der Verkehr störte. Sie gründeten eine Bürgerinitiative, die durchsetzte, dass die Admiralbrücke für den Autoverkehr unattraktiv wurde, indem dicke Poller die Fahrbahnen sehr, sehr schmal machten. Es wurde idyllisch. Fast. Nur noch Autofahrer, die die Frechheit besaßen, rechts und links am Kanal entlang zu fahren, störten noch. Denn hier liegt Kopfsteinpflaster, und das ist laut. Also sammelten sie Geld, die meisten waren damit aufgrund ihrer Berufe gut ausgestattet, und kauften besonders hinterhältige Straßenschwellen. Der Bezirk musste nicht einen Cent dazugeben und war deswegen natürlich einverstanden mit dieser Art der bürgerlichen Verkehrsberuhigung.

Gut, Fahrradfahrer fallen seitdem manchmal böse auf die Fresse, denn diese Schwellen sieht man kaum, da natürlich nur schummrig-schönes gelbes Gaslaternenlicht dort leuchtet. Aber wenn man einmal weiß, wo die Schwellen sind, fällt man fast nicht mehr hin. Der Verkehr wurde erfolgreich in die umliegenden Straßen verlagert, dahin, wo die Wohnungen nicht so teuer und die Bewohner nicht so zahlungskräftig sind, um ihre Dorfecke ähnlich hübsch zu gestalten wie die Brückenanwohner.

Die hatten endlich die ganze Schönheit für sich allein, saßen auf ihren Balkonen und Dachgärten, tranken Rotwein und vielleicht wurde in der Abendsonne ab und zu ein Joint geraucht. Ich finde diese Ecke schlimm, sie stinkt nach Kleinstadt.

Nichts bewegte sich mehr um die Admiralbrücke herum und sogar die Öffnung der Mauer änderte nichts an dieser miefigen Atmosphäre. Jedenfalls die ersten achtzehn Jahre lang.

Dann geschah doch etwas: Die Wurzeln der großen Bäume zerbröselten die Betoneinfassungen des Kanals und sollten darum gefällt werden. Das passte den Anwohnern nicht, die jede Veränderung hassen. Sie trafen sich täglich um 18 Uhr auf der Admiralbrücke, um dort – unter anderem durch Trommeln – gegen die Fällungen zu demonstrieren. Mithilfe von Flugblättern, Zeitungsartikeln und Internetseiten forderten sie von den Berlinern Solidarität für ihr Anliegen. Die erhielten sie, viele Zeitungen berichteten über die Aktionen auf der Admiralbrücke, es gab Kundgebungen und immer mehr Menschen kamen zu den abendlichen Protesten. Letztendlich setzten die Baumschützer sich durch, und die Bäume blieben stehen. Die Anwohner zogen sich wieder in ihre Wohnungen zurück.

Nicht so die vielen Menschen, die sie auf die wunderbare Aussicht von der Brücke aufmerksam gemacht hatten. Die blieben. Und wurden mehr. Und mehr und mehr. Hängen täglich ab sechs da rum, machen es sich auf und um die Poller herum gemütlich, richten sich fast wohnlich ein, spielen Trommel, zerdeppern Flaschen und schreien ihr Glück in die Nacht hinaus. Ganz ohne zu merken, wie absurd das ist, pochen die Anwohner nun auf ihr Recht. Ihr Recht auf dörfliche Stille.

Sie setzten sich zusammen und diskutierten wie früher. Stellten Schilder an der Brücke auf, auf denen, im Namen des Bezirkes, um Ruhe gebeten wurde. Das half nichts. Also diskutierten sie weiter und heraus kam die Forderung, die Poller abzumontieren. Um die Brücke für den Autoverkehr wieder attraktiver zu machen. Damit der Verkehr die Wegelagerer verscheucht. Um, so vermute ich zumindest, nach erfolgter Durchsetzung, die Brücke wieder schließen zu lassen und darauf zu hoffen, dass die Reiseführer einfach nicht hinterherkommen und den Geheimtipp Admiralbrücke streichen.

Großartige Idee! Freie Fahrt für freie Bürger! Guten Morgen Berlin, du kannst so hässlich sein!

Wer in dieser Konstellation die Blöderen sind, die Trommler oder die Anwohner, ich kann mich einfach nicht entscheiden.

Am liebsten ist mir die Brücke übrigens im nächtlichen Regen, da traf ich letzte Woche drei dicke, glänzende Ratten. Die sind still, trommeln nicht und wohnen unauffällig. Werde ich also so eine, die Tiere lieber mag als die Menschen? Demnächst hol ich mir wahrscheinlich noch eine Katze.

Im Jahr 2010 beschloss der Bezirk übrigens, Mediatoren zu finanzieren, die sieben Monate lang mit Brückenanwohnern und Brückenhockern sprechen sollen, um gemeinsam Lösungsvorschläge zu erarbeiten. Es bleibt also spannend. Die Katze kann noch etwas warten.

ANTJE BARBIE

Es gab nur einen einzigen Grund, aus dem Antje Baldhoff im Alter von sieben Jahren meine beste Freundin wurde: Sie besaß Barbiepuppen – und ich nicht.

Meine Mutter fand Barbies doof und verbot sie mir ebenso wie Comics. Antjes Mutter hingegen war die dickste Frau, die ich bis dahin gesehen hatte, sie trug Kittelschürzen auf nackter Haut, kochte alle zwei Wochen Suppe aus Hirn und Innereien und verprügelte ihre Tochter mit Holzpantinen und Kleiderbügeln, aber gegen Barbies hatte sie nichts einzuwenden. Ganz im Gegenteil.

Also verbrachte ich den Großteil meiner Zeit fortan bei Antje. Antje war, vermutlich durch die vielen Schläge ihrer Mutter, fügsam genug, so dass ich fast immer bestimmen durfte, was wir spielten. Und das waren in der Hauptsache Gummitwist und Barbie. Im Gegenzug brachte ich ihr das Pfeifen auf vier Fingern bei.

Für ihre Barbiepuppen hatte sie wirklich alles. Mindestens 50 Paar Schuhe zum Beispiel. Ich selber besaß zwei Paar Schuhe, ein Paar Lacksandalen für besondere Gelegenheiten und die Alltagsschuhe. Beide waren nicht besonders ansprechend und in keiner Weise mit Barbies Schuhen zu vergleichen. Denn die hatten alle, ausnahmslos, hohe Absätze, waren bunt und Barbie hatte diese praktischen Füße, erst kamen die Zehen dann der Ballen, soweit alles normal, aber dann hatte sie ein kleines Treppchen im Fuß, so dass der Schuh quasi wie von alleine passte und der hohe Absatz eigentlich nur die anatomische Fortsetzung ihres Fußes war. Toll.

Und Kleider, mein Gott hatte Antje für ihre Puppen viel Kleidung. Mini- und Maxiröcke, Bikinis und Badeanzüge und Morgenwäsche, also Kleidung, die man anzieht, wenn man das Nachthemd aus- und die Tageskleidung noch nicht angezogen hat. Weil man sich nämlich erst mal entscheiden muss oder vielleicht ein bisschen mit Ken streiten will, aber dabei trotzdem umwerfend gut aussehen möchte. Morgenwäsche also, dass es so etwas überhaupt gibt, hätte ich ohne Barbie erst Jahrzehnte später erfahren. Ebenso wie ich durch sie wichtige Details der menschlichen Anatomie kennenlernte. Oder besser gesagt: der menschenähnlichen. Dass erwachsene, nackte Männer gar nicht so schlimm aussehen, wie man als unwissendes Kind prüder Eltern vermutete, sondern, im Großen und Ganzen, sogar völlig harmlos, fand ich beruhigend.

Ein weiterer großer Vorteil der Barbiepuppen war, dass man sich mit ihnen so wunderbar stellvertretend prügeln konnte. Stritten Antje und ich uns, nahmen wir jede eine Puppe an den Füßen und kloppten ihre Körper wie hysterische Fechter gegeneinander und schrieen uns dabei mit hohen Puppenstimmen an.

Natürlich gab es damals schon viele Menschen, die wie meine Mutter waren. Menschen, die sagten, Barbieprodukte seien Schund und dumm und überhaupt die volle Mädchenverarsche, die uns nur beibringen würde, dass wir gut aussehen müssen und sonst nichts. Was für ein ausgemachter Blödsinn!

Denn einerseits ist die Welt für gutaussehende Frauen tatsächlich einfacher zu ertragen als für hässliche und andererseits frage ich mich: Welche andere Frau war ein so gutes Vorbild für Mädchen wie Barbie? Die war zum Beispiel die einzige, die ich kannte, die nicht Hausfrau wurde. Oder Sekretärin. Oder Apothekenhelferin. Und niemals Fleischereifachverkäuferin. Barbie hatte nur tolle Berufe. Sie arbeitete in den vergangenen fünfzig Jahren als Fotografin, Astronautin, Tierpflegerin, Olympische Athletin, Basketballspielerin, Präsidentschaftskandidatin, Seaworld-Trainerin, UNICEF-Botschafterin und als Prinzessin.

Gut, all das spielten wir nie, wir spielten mit ihr immer nur An- und Ausziehen, Heiraten, Streiten und Arztbesuche, doch wir hätten es tun können, wenn wir gewollt hätten.

Das alles erschien mir viel schöner als eine blöde Puppe in einer blöden Puppenküche, interessanter als eine Puppe die Schlafaugen hat, oder Babypuppen, denen man die Flasche geben musste, damit sie nachher in Babywindeln Pipi machen konnten.

Auch meine Toleranz gegenüber homosexuellen Jungs, die später schwule Männer wurden, lernte ich von Barbie. Nicht, dass es bekennende Schwule in meinem Umfeld gab, wie gesagt, ich war erst sieben Jahre alt und da outen sich nicht viele, aber in mein Unterbewusstsein ist damals eingedrungen, dass nicht alle so leben wie unsere Eltern. So hat Barbie immer, entgegen allen homophoben Anfeindungen, treu an ihrem nun wirklich oberschwulen Ken festgehalten. Sie hat ihn zwar nie offiziell geheiratet, denn das ist spießig, aber sie ließ ihn das sein, was er wollte. Und das war halt schwul und gleichzeitig Barbies bester Freund sein. Na bitte, denkt die coole Barbie sich, warum nicht. In meinem Herzen ist genug Platz. Solange Ken gut aussieht und sich mit mir gemeinsam über Klamotten unterhalten kann, ist alles andere doch kein Problem.

Irgendwann konnte ich meine Eifersucht auf Antjes Sammlung nicht mehr im Zaum halten und klaute ihr eine Barbie. Geliehen hatte sie mir schon oft eine, die ich über Nacht bei mir behalten durfte, doch das reichte mir nicht. Ich wollte eine besitzen. Also nahm ich ihre zweitschönste, die allerschönste zu stehlen traute ich mich nicht. Ich nahm sie mit ins Bett und spielte unter der Decke mit ihr. Natürlich hatte ich ein schlechtes Gewissen, aber die Freude über meinen Diebstahl überwog. Zumindest bis zum nächsten Morgen.

Beim Aufwachen griff ich an die Stelle auf meinem Kopfkissen, auf die ich sie in der Nacht gelegt hatte, und fasste ins Leere. Mein Herz blieb fast stehen, ich suchte das ganze Bett ab – vergeblich.

Dann sah ich unseren Hund neben meinem Bett und zwischen seinen Zähnen war das, was ehemals eine zweitschönste Barbie war. Zerkaut, verformt, ruiniert. Neben dem Hund stand meine Mutter.

»Was ist das?«
»Eine Barbie.«
»Wo hast du die her?«
»Von Antje geliehen.«
»Lüg mich nicht an.«

Naja und so weiter, das Ende dieses grässlichen Morgens war der Befehl meiner Mutter, sofort rüber zu Antje zu gehen und ihr alles zu beichten. Und damit das Ende meiner glücklichen Barbiezeit einzuläuten, denn das würde Antje mir nie verzeihen. Doch erstaunlicherweise war Antje zwar böse, aber sie nahm meine Entschuldigung und das Geld, das mir meine Mutter für die zerfetzte Puppe mitgegeben hat, an.

Und sie ging sogar noch weiter, Antje bat mich rein und sagte: »Ich schenk dir eine Barbie. Aber nicht die und die und die auch nicht. Von den anderen darfst dir eine aussuchen.« In diesem Moment wurde Antje Baldhoff wirklich meine beste Freundin.

DAS BASTEL-ICH

Meine Freundin Irina hatte Geburtstag. Das war weder überraschend noch ungewöhnlich, denn im Großen und Ganzen passiert das jedes Jahr. Überraschend war mein Impuls zu ihrem Geschenk. Plötzlich dachte etwas in mir, das dort eigentlich nicht hineingehört: »Mensch, ich bastele Irina einfach mal was!«

Ich weiß nicht, wie ich auf diese Idee kam, basteln gehört definitiv nicht zu meinen Stärken.

Schon als mein Sohn noch klein war, musste ich das erkennen. Ich bin zum Beispiel völlig unfähig, aus Kastanien und Streichhölzern kleine Tiere zu gestalten, ich kann weder Autos noch Menschen und keine Elefanten malen.

Nur Eisenbahnwaggons, die bringe ich astrein aufs Papier. Die Aufforderung »Mama malen!« brachte nicht enden wollende Güterzüge hervor. Durch das Erzählen, was alles Unterschiedliches in diesen Waggons transportiert wird, konnte ich diese Nachmittage halbwegs abwechslungsreich gestalten. Dass man nichts, aber auch gar nichts davon sehen konnte, erklärte ich mit staatlicher Geheimhaltung.

Trotzdem wurde es bald langweilig und das war auch der Grund, warum ich ihn früh in einen Kindergarten brachte. Dort haben die Erzieherinnen über Jahre unseren Weihnachts- und Osterschmuck gebastelt, haben mir zum Muttertag kleine Kunstwerke aus Glanzpapier gefertigt, eben all diese Sachen, die für ein harmonisches Familienleben unerlässlich sind.

Und jetzt wollte ich also für Irina etwas basteln. Ein selbstgemachtes Fotoalbum mit all den Bildern, die von unserer langen Freundschaft erzählen. Schon beim Gedanken, wie sie sich freuen würde, kamen mir vor Rührung die Tränen. Ach, ich bin doch die beste Freundin, die man sich nur wünschen kann, dachte ich. Was hat Irina für ein Glück mit mir!

Ich kaufte also ein Album und sortierte die Fotos, die ich auf meinem Computer sammle. Auf erstaunlich vielen sieht Irina furchtbar aus. Auf manchen sogar ich. Die Bilder, die überhaupt in Frage kamen, waren über- oder unterbelichtet, verwackelt oder es waren andere Freundinnen von Irina mit im Bild und das wollte ich nicht. Ich wollte schließlich ein Album über unsere Freundschaft und nicht über die, die Irina mit anderen Frauen pflegt.

Übrig blieben zehn Bilder. Ganz schön wenig für fast 25 Jahre Freundschaft. Viel zu wenig für das große Album, das ich gekauft hatte. Ich besorgte ein neues, ein kleines, feines und sehr teures und war erst einmal erschöpft. Mannomann, dieses Basteln ist ganz schön anstrengend. Aber aufgeben wollte ich nicht. Also lud ich mir als nächstes ein Bildbearbeitungsprogramm auf meinen Computer, mit dem ich die kleinen Fehler in der Belichtung ausmerzen könnte und überflüssige Menschen ausschneiden. Das macht doch heutzutage jeder Depp, Fotos retuschieren ist nicht mehr unehrenhaft, sondern ganz normal.

Programm entpacken, installieren und öffnen. Hoh-hoh-hoh, was ist das denn? Da sind ungefähr 80 verschiedene Symbole, und Zeichen und Filter und Fremdwörter. Lassos und Zauberstäbe und Stifte und Pixellupen und Schraffierungsgerätschaften. Tage und vor allem Nächte verbrachte ich damit, dieses Programm ansatzweise zu verstehen. Fünf Bilder habe ich währenddessen falsch gespeichert, die sind jetzt zwar höchst künstlerisch gestaltet, jedoch dadurch auch völlig unkenntlich. Blieben die restlichen fünf.

Weitere eineinhalb Tage verplemperte ich damit, einen winzigen Augenring, der sich unter einem vorher mit dem Lasso eingefangenen, ehemals meerschweinchenroten, nun wie ein schwarzes, glänzendes Teddybärauge aussehenden Irinaauge befand, zu entfernen.

Dann rief Irina an, um mir mitzuteilen, dass sie beschlossen hätte, dieses Jahr ihren Geburtstag ausfallen zu lassen. Sie wolle nicht feiern und sei deprimiert, weil sie immer älter werde.

»Du feierst!«, schrie ich sie an.

»Nein, ich will nicht.«

»Doch, willst du wohl.« Sie fing an zu weinen, doch ich konnte kein Mitleid empfinden. Was bildete die sich ein, nicht feiern zu wollen, obwohl ich seit Tagen, mit nichts anderem als ihrem blöden Geburtstag beschäftigt bin? Nach einer Dreiviertelstunde zog ich mein letztes Ass aus der Tasche.

»Wenn du nicht feiern willst, dann organisiere ich für dich eine Überraschungsparty. Willst du das wirklich?«

»Das meinst du nicht ernst, Sarah.«

»Todernst. Eine ganz schlimme Überraschungsparty, und ich lade deine Mutter ein.«

»Nein, bitte nicht.«

»Ich hänge überall Luftballons auf und kaufe Partyhüte!«

»Nein!«

»Also, feierst du jetzt von selbst oder muss ich …«

»Nein, nein, bitte nicht, dann mach ich eben eine Party. Aber bloß eine ganz kleine.«

Es geht doch. Manchmal muss man die Menschen eben zu ihrem Glück zwingen.

Die Fotos, die ich ausgesucht und bearbeitet hatte, sahen überraschenderweise großartig aus. Nur noch ausdrucken, einkleben und ein paar launige Bildunterschriften finden und schon habe ich mal wirklich was Tolles gebastelt, sagte ich mir. Dass ich eine neue Druckerfarbpatrone und teures Fotopapier kaufen musste, war mittlerweile völlig nebensächlich. Insgesamt hatte ich 75 Euro für dieses Geschenk ausgegeben. Was ich ihr dafür alles hätte kaufen können, möchte ich mir gar nicht ausmalen.

Auch die weitere Hürde der richtigen Größenauswahl hatte ich nach circa 20 Fehldrucken genommen. Und dann klebte ich sie auf den schwarzen Fotokarton.

Zumindest die ersten beiden. Das dritte – ich weiß nicht, wie es hatte geschehen können – klebte plötzlich von alleine auf dem zwischen die Seiten gebundenen Spinnwebenpapier. Fest. Ganz, ganz, ganz fest. Ich riss die Seite raus. Na toll, jetzt sah es echt selbstgemacht aus.

Dann stellte ich fest, wie gut man Staub, der in der Wohnung herumliegt, mit Klebestiftfingern auffangen und in ein zufällig herumliegendes Album kleben konnte. Dass, wenn man mit vermeintlich klebestiftfreien Fingern über ein Bild wischte, man genau sehen konnte, dass doch noch Kleber an den Fingern haftete. Dass sich Wasser, mit dem man den Klebstoff dann zu entfernen versuchte, überhaupt nicht mit Fotopapier vertrug. Dass meine Handschrift, wenn ich versuchte, mit einem goldenen Stift auf schwarzen Karton zu schreiben, unter aller Sau war. Dass man aus Versehen sogar ein einfaches Wort wie »Freundschaft« falsch schreiben konnte und es dann wirklich total blöde aussah. Ich merkte, dass ich dieses Album niemals verschenken könnte, weil es wirkt, als wäre eine Fünfjährige am Werk gewesen.

Irina schenkte ich stattdessen eine Creme gegen Augenringe für 4,99 und so verheult, wie sie an ihrem Geburtstag aussah, konnte sie die auch wirklich gut gebrauchen.

KLEINE LEBENSHILFE

Die Art, sich vor Dieben und Einbrechern zu schützen, kann individuell sehr verschieden sein. Viele Menschen legen zum Beispiel im Schwimmbad ihre Wertgegenstände in ihre Schuhe, gerade da kann kein Dieb der Welt sie finden.

»Oh wie teuflisch und gemein, wo hat der nur sein Geld versteckt?«, so denkt ein Dieb dann, findet trotz intensiven Suchens nichts, denn im Schuh werden Geldbörse, Scheckkarte, Handy und Uhr unsichtbar. Wieder Andere legen ihre Sachen unter ihr Badelaken, auch das ein sehr gutes Versteck.

Ich gehe selten ins Schwimmbad, habe aber Angst vor Wohnungseinbrüchen. Aus diesem Grund manipuliere ich bei jeder Wohnung, die ich neu beziehe, zuallererst das Türschloss so, dass jeder sofort hinein kann. Also ohne Brechstange, Dietrich oder einfache Gewalt anzuwenden. Ich schraube hierzu einfach die Verblendung des Schlosses ab und nun sind nur zwei kleine Schrauben zu überwinden, um meine Tür zu öffnen. Natürlich lege ich unter die Fußmatte einen Schraubenzieher. Und schließe niemals ab. Da ich oft meinen Wohnungsschlüssel vergesse, freue ich mich jedes Mal über meine Voraussicht, wenn ich unter meine Türmatte schaue. Nach kurzer Zeit sind die sich kreuzenden Schlitze so ausgenudelt, dass man nur noch ein Geldstück braucht, um hineinzukommen.

Für einen Einbrecher aber ist so etwas eine große psychologische Hürde, mein Schloss sieht so lächerlich aus, dass jeder daraus auf meine Einrichtung schließt. Nie würde man darauf kommen, dass sich hinter diesem Schloss wertvolle Kunstgegenstände, Computer und große Mengen Bargeld verbergen.

Den Beweis, dass diese Taktik funktioniert, liefert mein türkischer Nachbar. Bei dem wurde schon dreimal eingebrochen und dort ist wirklich nichts zu holen, außer einer riesigen Couchgarnitur und einer Schrankwand, die beide aufgrund der Größe für immer in der Wohnung bleiben müssen und einer Wanduhr, auf der eine Seite des Korans abgebildet ist. Aber er hat eben ein astreines, teures Türschloss. Pech.

DAS »RESPEKT UND RESULTATE«-UNTERNEHMEN

Auf der Post: »Guten Tag, ich möchte diesen Brief nach Amsterdam schicken, aber mir fehlt die Postleitzahl.«

»Da fehlt die Postleitzahl!«

»Genau. Könnten Sie mir die bitte heraussuchen?«

»Ich weiß die auch nicht.«

»Aha, und wie könnten Sie die herausfinden?«

»Gar nicht.«

»Auch gut, es steht ja die Straße drauf, dann nehmen Sie ihn bitte so an.«

»Ohne Postleitzahl wird Ihr Brief nicht befördert.«

»So, und wie komme ich an die richtige Postleitzahl?«

Stille, Nachdenken, dann: »Sie könnten ja zum niederländischen Konsulat gehen und da nachfragen.«

HILDESHEIMER ROSE IN GOLD

Mitten in der Nacht klingelt ein Wecker.

»Nein. Ich stehe nicht auf. Es ist Viertel nach vier.«

»Doch Irina, wir ziehen das jetzt durch.«

Irina und ich müssen nicht etwa in der Fabrik arbeiten, nein, wir machen eine Kaffeefahrt, zur LAGA nach Oranienburg mit anschließender Werbeverkaufsveranstaltung. Das Ganze kostet 14,90 Euro – und es gibt noch prima Geschenke für die Dame und den Herren. Gestern Abend hatten wir das noch für eine tolle Idee gehalten, aber um diese Uhrzeit? Egal, wir haben es allen erzählt und können keinen Rückzieher mehr machen. Das würde unser ganzes Image ruinieren.

Also Kaffee trinken, Fotoapparat, Regenschirm und Plastiktüten für die Geschenke einpacken und raus auf die Straße. Um halb sechs ist es immer noch dunkel und natürlich nieselt es. Minuten später stehen wir mit 15 Rentnerinnen an einer zugigen Straßenecke und warten auf unseren Bus. Wir stehen an der letzten Aufnahmestation, der Bus ist entsprechend voll und wir lernen unsere erste Kaffeefahrtlektion: Alte Frauen können sehr schnell rennen. Wenn sie wollen.

Binnen Sekunden sind Irina und ich ganz nach hinten gedrängt und müssen als letzte einsteigen. Wir finden trotzdem noch einen Platz und unser Ausflug beginnt.

»Eine erlebnisreiche Busfahrt durch unsere wunderschöne Heimatlandschaft«, so steht's im Prospekt. Unser Busfahrer stellt sich als Peter vor und legt seine erste und einzige Musikkassette ein, deutsche Schlager, die wir heute noch oft hören werden. Er begrüßt uns, wünscht einen schönen Tag, bittet nicht zu rauchen und erklärt uns seinen Komfortbus. »Rechts haben Sie einen Hebel mit dem Sie Ihren Sitz nach außen schieben können. Das freut doch alle, die sich heute schon gestritten haben, nicht wahr?«

Alle lachen und rücken ihren Sitz.

»Über Ihnen der Knopf ist die Klimaanlage. Rechts geht's an, links aus.«

Synchron gehen 48 Hände nach oben und stellen die Lüftung an.

»Wir werden etwa eine Stunde unterwegs sein, für P. P. machen wir natürlich eine Pause.«

Alle lachen wieder, dann klatschen wir und schauen aus den Fenstern. Um acht sind wir am LAGA-Gelände, wir haben jetzt bis halb eins Freizeit. Leider macht die Landesgartenschau erst um neun auf, also stehen wir eine Stunde auf der Straße und schimpfen. Dann gehen alle schön Blumen und Pflanzen und Bäume gucken. Endlich ist es halb eins und wir dürfen wieder in den Bus steigen. Peter legt seine Gute-Laune-Kassette ein und fährt uns in ein unbekanntes Brandenburger Dorf, dort wird die Werbeveranstaltung stattfinden. Mit den Insassen von zwei anderen Bussen werden wir vor einem Gasthof ausgeladen und lernen endlich unsere

Verkaufsbegleiter kennen. Es sind drei und man sieht gleich, dass die nicht artgerecht gehalten werden. Volker, der Chef, sieht aus wie ein Discotürsteher, der seine besten Zeiten lange hinter sich hat. Die beiden anderen sind seine Sklaven. Dann gibt's da noch einen ehemaligen Eishockeyspieler, der die ganze Zeit mit verschränkten Armen vor dem Ausgang steht. Zur Abschreckung.

Zum Anfang schimpft Volker uns erst mal richtig aus. »Also, meine Damen und Herren, ich muss mal ein deutliches Wort mit Ihnen reden. Ich hab gehört, dass Sie sich beim Busfahrer beschwert haben. Es gibt doch immer Leute, denen man nichts recht machen kann. Hallo, hallo, wer von Ihnen war denn schon mal auf einer solchen Werbefahrt?«

Fast alle Hände gehen hoch.

»Und, haben Sie da etwa so viel Zeit bekommen, wie heute bei uns auf der LAGA?«

»Nein!«

»Und trotzdem – immer nur Beschwerden. Ich weiß genau, dass von den hundert Gästen, die hier sitzen, zwanzig nur wegen der Werbegeschenke da sind.« Alle gucken betreten zu Boden. »Das sind die Menschen, an denen unser Land zugrunde geht. Die immer nur nehmen, sich nie fragen: Was kann ich für mein Land tun? Die sagen doch bei allem nur ›Kenn ich schon – brauch ich nicht‹. Aber wenn ich dann nachher die Geschenke verteile, dann sagt nicht einer ›Hab ich schon – will ich nicht‹. Nicht einer! So was haben wir nicht nötig, die können gleich rausgehen und mit dem Zug nach Hause fahren.«

Alle gucken zur Tür, aber da steht ja der Eishockeybomber.

»So, und nun möchte ich bitte etwas Respekt und auch mal ein Dankeschön von Ihnen hören!«

»Ja!«, schreien wir wie die Schlümpfe und klatschen.

So werden wir eine gute Stunde lang angeschrieen, dann kommt Volker zum Objekt des Verkaufs, das bisher unter einem weißen Bettlaken auf der Bühne versteckt war. Es ist etwas für die Gesundheit, heißt OM 5000 und sieht aus wie eine Luftmatratze. Aus der Luftmatte führt ein Kabel, das ist der Computer mit 16 unterschiedlichen Funktionen. Der Computer misst automatisch die Hautdicke und erkennt auf diese Art, wo im Körper Verspannungen, Entzündungen oder Krampfadern sind. Die Matte bewegt sich an den entsprechenden Stellen und macht alles wieder gesund. Sehen kann man davon leider nichts, doch es dürfen sich Testpersonen drauflegen und alle finden es toll. Volker läuft zu Hochtouren auf, als er zum Preis kommt.

»Ab Juli können Sie diese Gesundheitsmatte für 2900 Euro im Geschäft kaufen. Aber ich habe für Sie noch den ›Ab-Werkspreis‹ und das sind nur 1900 Euro!«

»Oh!«, alle klatschen.

»Hallo, hallo, meine Damen und Herren, das ist noch nicht alles. Gleich werden Sie rufen ›Danke, Volker!‹ und das hab ich auch verdient. Denn – und das gilt nur heute – ich geh noch mal runter im Preis und zwar nicht 100, nicht 200, nein, 300 deutsche Euro!«

»Danke, Volker!«

»Hallo, hallo, halten Sie sich fest. Denn jeder, der sich heute für OM 5000 entscheidet, bekommt von mir noch zusätzlich eine Infrarotlampe im Wert von über 100 Euro und einen Einkaufsrolli dazu. Und zwar ohne einen deutschen Cent extra zu bezahlen!«

Jetzt hält es uns kaum noch auf den Plätzen.

»Nein, nein, bleiben Sie sitzen, ich bitte Sie!«

Alles wird still.

»Ich weiß, Sie werden mich für verrückt halten, denn ich gebe Ihnen noch einen Nachlass und zwar sage und schreibe 600 Euro!«

Sagenhaft. Sogar Irina und ich finden das sozusagen spottbillig.

Eine lange Schlange bildet sich vor den Verkäufern, Geldbörsen werden gezückt, Verträge unterschrieben. Überall glückliche, erhitzte Gesichter.

Irina und ich kaufen nichts, nicht mal das unschlagbare Wollwaschmittel »Waschi«, das nebenbei angeboten wird. Leicht fällt es nicht. Wirklich nicht. Gute viereinhalb Stunden später ist der Zauber vorbei, wir bekommen noch Wertmarken, die wir im Bus gegen die Geschenke umtauschen können. Auf die Rückseite sollen wir ein K schreiben, wenn wir einen Artikel gekauft haben, ein GK, wenn wir zwei genommen haben und ein SGK bei drei Käufen oder mehr. Das heißt dann »Super Guter Kunde«. Unsere Zettel bleiben leer, was nicht unbemerkt bleibt. »Da kommt ja unser Sparverein. Haben Sie heute wieder ordentlich abgesahnt, ohne etwas zu zahlen, ja? Mir ist es egal, wer sich selbst nichts gönnt, der wird früh alt und faltig. Aber das wissen Sie sicher, Sie schauen doch jeden Morgen in den Spiegel, nicht wahr.«

Peinlich, peinlich. Dann werden wir wieder in den Bus verfrachtet. Fahrer Peter hat sich die Stunden des Wartens mit Biertrinken vertrieben, legt die Schlager wieder auf und kutschiert uns rasant zurück in die Stadt.

Unsere Geschenke entpuppen sich als Flops. Das »Kaffee- und Essservice für die Dame« besteht aus vier Tassen mit Untertellern, dazu gibt es das Besteck »Hildesheimer Rose« in Gold, bei dem die Zuckerzange und der Tortenheber fehlen, und eine aufblasbare Kühlbox. Ich habe mir die Herrengeschenke geben lassen. Der 72-teilige Werkzeugkoffer hat nur 61 Teile, davon sind 30 Schrauben, und die Steakmesser im Holzblock sind mir beim Butterbrotschmieren abgebrochen. Schön ist aber trotzdem alles. Um 21 Uhr sind wir wieder daheim und haben einen aufregenden Tag erlebt, an den wir uns noch lange erinnern werden.

SPASS MIT DER AOK

Manchmal stelle ich mir mein Leben als Wertanlage vor.

Eines schönen Tages sah dies wie folgt aus: Seit meine »Ich habe viel Freizeit«-Aktie saisonbedingt stark im Kurs gestiegen war, ging es mit meiner »Ich hab genug Geld, was kostet die Welt?«-Anlage gleichermaßen steil bergab. Erst vereinigte sich diese aus Not mit »Ich habe immerhin noch ein dreistelliges Guthaben«, schließlich wurde sie von der Konkurrenzfirma »So, jetzt bin ich pleite!« geschluckt.

Ich fand das allerdings nicht besonders schlimm, es war Frühling und damit bald Sommer, da ist Freizeit wichtiger als Geld. Ich musste mir allerdings Gedanken machen, wie ich an preiswerte Vergnügungen kommen konnte, um die viele Freizeit überhaupt genießen zu können.

Auf der Suche nach Gratisunterhaltung stieß ich auf das AOK-Programmheft. »Abnehmen mit Genuss« wurde dort angeboten. Ja klar, dachte ich mir, abnehmen, kann man mal versuchen. Habe ich noch nie gemacht, mal gucken wie das geht.

In der Programmbeschreibung wurde mir versprochen: Es gibt keine Gruppentreffen, alles wird schriftlich erledigt. Ein guter Anfang. Ich bekomme doch so gerne Post! Das Abnehmen dauert sieben Monate, also hat man lang etwas davon. Die genaueren Bedingungen allerdings ließen mich misstrauisch werden: Man zahlt knappe 50 Euro, die man nach erfolgreichem Abschluss des Programms zurückbekommt. Was soll das heißen: Erfolgreich?

Ich wollte Unterhaltung, keinen Erfolg. Ich rief bei meiner AOK-Stelle an und fragte nach: Wie der Erfolg denn kontrolliert werde.

Die Antwort der netten Mitarbeiterin: »Das ist ganz einfach. Sie wiegen sich zu Beginn und zum Ende des Programms und teilen uns Ihr jeweiliges Gewicht schriftlich mit.«

Das überzeugte mich vollkommen. Ich meldete mich an und bereits nach wenigen Tagen erhielt ich Post von der Gesundheitskasse. Ich möge in dem beiliegenden Ernährungstagebuch eine Woche lang alles notieren, was ich esse und trinke. Die Nahrungsmittel sind vorgegeben, ich müsse also nur Striche bei den jeweiligen Lebensmitteln machen und am Ende der sieben Tage zusammenzählen. Das ist doch ein Klacks. Schwieriger war schon die Aufforderung am Anfang des Tagebuchs: »Essen Sie bitte ganz normal!« Nicht einfach, wenn man unter der eigenen strengen Beobachtung steht. Ich habe es geschafft und nur einmal geschummelt. Beim Alkohol. Der wird von der AOK in so homöopathische Portionen eingeteilt, dass man schon bei drei Gläsern Wein in der Woche keinen Platz für weitere Striche hat. Da habe ich ein bisschen geschönt. Man will bei der eigenen Krankenkasse doch nicht als Trinkerin dastehen.

Am Ende der Woche sollte ich noch eintragen, wie viel ich abnehmen möchte. Fünf Kilo schrieb ich, um glaubwürdig zu bleiben. Ich schickte mein Ernährungstagebuch ab und nach zehn Tagen lag erneut ein großer Din-A4-Briefumschlag auf dem Tisch. Die Analyse meines Ernährungsverhaltens. Ein fünfseitiger Brief, ein Trainingsbuch dick wie eine Frauenzeitschrift, ein paar Kühlschrankmagnete sowie diverse Tabellen und Motivationskärtchen. Allein dieser Brief machte mir schon so viel Spaß, dass sich mein Einsatz bereits gelohnt hatte.

»Guten Tag, liebe Frau Schmidt«, stand dort, »Ihr Tagebuch ist bei uns eingetroffen, vielen Dank. Liebe Frau Schmidt, Sie haben sieben Tage lang über Ihr Essen und Trinken Protokoll geführt. Es ist schon interessant zu sehen, was da zusammenkommt. Wir haben uns Ihre Aufzeichnungen natürlich gleich angeschaut und besonders hinsichtlich des Fettgehalts überprüft. Dabei ist uns aufgefallen, dass Sie schon recht sparsam mit dem Fett umgehen – das ist prima, machen Sie weiter so, liebe Frau Schmidt! Allerdings haben Sie es deswegen mit dem Abnehmen wahrscheinlich nicht so leicht.«

Dass Krankenkassen mit ihren Mitgliedern immer so reden, als wäre man vollkommen bekloppt. Für die sind wir alle potentielle Patienten in geschlossenen Abteilungen, mit denen man ganz vorsichtig und überaus freundlich sprechen muss, damit wir uns nicht aufregen.

»Nun kommen wir zu den Punkten, die uns in Ihrem Ernährungstagebuch aufgefallen sind. Von ganz besonderer Art, liebe Frau Schmidt, ist Ihre Fettbombe Nummer 1 – der Alkohol. Wir betrachten Alkohol wie Fett.«

Wenn ich das gewusst hätte, hätte ich doch noch mehr geschummelt.

»Frau Schmidt, ganz ehrlich, bei Ihnen führt der Alkohol dazu, dass ein guter Teil des Fettes, das Sie essen, nicht verbraucht wird. Je weniger Alkohol Sie künftig trinken, desto besser fürs Abnehmen. Erstaunlich, aber wahr. Und ganz wichtig, es ist nur der Alkohol, der zählt, nicht die Tatsache, dass Bier aus Getreide und Wein aus süßen Trauben hergestellt wird. Nur der reine Alkohol zählt.«

Nun ist wirklich langsam mal gut.

»Was können Sie tun, liebe Frau Schmidt? Alkoholfreies Bier ist eine echte Alternative.«

Das ist aber hundertprozentig gelogen, liebe AOK, und können wir jetzt bitte über etwas anderes sprechen?

Die AOK war gnädig und wechselte das Thema, nun ging es um Wurst und Käse und Butter und dass Brot auch ohne Fett lecker sei. Nur: Ich esse gar kein Brot. Null Striche in meinem Ernährungstagebuch. Null.

Dann fand ich einen wirklich interessanten Satz. »Wenn Sie auf die Soßenreste auf dem Teller nicht verzichten können, dann essen Sie dazu gleichzeitig reichlich Kartoffeln, Nudeln, Reis oder Brot.«

Wieso Soßenreste? Glauben die, ich mache mir zum Mittag einen leckeren, großen Teller Soßenrest?

»Wir haben Ihr Protokoll einmal durchgerechnet, damit wir Ihnen eine genaue Empfehlung geben können.

Dafür benutzen wir Fettpunkte, das ist einfacher zu rechnen.«

Igitt, Fettpunkte, das hört sich schön eklig an.

»Einige Möglichkeiten, Fettpunkte einzusparen haben wir Ihnen ja schon genannt. Ganz konkret wollen wir Ihnen noch verraten, welches Lebensmittel Ihnen in den sieben Tagen Ihres Ernährungsprotokolls die meisten Fettpunkte eingebracht hat. Haben Sie schon eine Ahnung, welches es sein könnte? Ja, es ist Wein und Sekt mit 33 Fettpunkten. Hätten Sie das gedacht? Wenn Sie stattdessen Diätgetränke zu sich nehmen, haben Sie 33 Fettpunkte weniger auf Ihrem Fettkonto.«

Inzwischen hatte ich das Gefühl, nur noch aus Fett zu bestehen und etwa 130 Kilo zu wiegen. Nun fand der tolle Brief ein neues Thema: Das Sattessen. Das sei ganz wichtig, und endlich wurde ich auch mal gelobt.

»Bei Gemüse und Obst greifen Sie kräftig zu, liebe Frau Schmidt, das freut uns sehr. Sie mögen gerne Kartoffeln und Nudeln, das gefällt uns besonders gut.«

Nochmals wurde vor meinen Fettbomben gewarnt, dann kam der lange Brief langsam zum Ende.

»Nun kommen wir zum letzten und sicherlich auch wichtigsten Punkt unseres Programms. Wie viel möchten Sie abnehmen, liebe Frau Schmidt? Fünf Kilo haben Sie als Ihr Ziel angegeben. Prima, das wollten wir Ihnen auch vorschlagen, das ist ein sehr realistisches Ziel. Sie kommen dann allerdings schon in die Nähe Ihres Mindestgewichts, das Sie Ihrer Gesundheit zuliebe nicht unterschreiten sollten. Also fünf Kilo abnehmen, aber nicht mehr, auf keinen Fall unter Ihr Mindestgewicht. Einverstanden, liebe Frau Schmidt? Jetzt erst mal alles Gute, liebe Frau Schmidt, einen gelungenen Einstieg ins Programm, mit herzlichen Fettsparer-Grüßen, Ihr Team von Abnehmen mit Genuss.«

Ich fand, mein Einsatz hatte sich wirklich schon gelohnt, besonders wenn man sich die beiliegenden Motivationskärtchen ansah. Dort fand ich Sätze zum Nachdenken, ja man könnte darüber sogar meditieren. »Fett macht fett! Weniger Fett macht weniger fett!« Das ist doch schon beinahe ein Mantra. Der nächste Merksatz allerdings könnte auch auf einem FDP-Wahlplakat stehen: »Wer satt ist, hat mehr vom Leben!« Sehr schön auch: »Ich bin nicht auf der Welt, um so zu sein, wie andere mich haben wollen.« Gut, dass dies mal jemand ausgesprochen hat. Das absolute Highlight war: »Aus diesem Kühlschrank nehme ich nur, was ich wirklich möchte!«

Wie oft konnte ich das schon anwenden: Wenn Frühstücksgäste mich um Butter baten oder Abendgäste um ein weiteres Bier, antwortete ich: »Tut mir leid, aber aus diesem Kühlschrank nehme ich nur, was ich wirklich möchte.«

DIE TANTEN, DER TINNEF UND DER TOD

Letztens sah ich zwei tote Rehe, mitten auf der Autobahn, kurz vor Irxleben. Ich finde, bei einem Autounfall zu sterben, ist schon schlimm, doch dann auch noch bei Irxleben in der Nähe von Magdeburg, das ist richtig blöd.

Damit nicht genug, am Abend des gleichen Tages musste ich in einem Hotel übernachten, oder besser gesagt in dem Gasthof »Zur Kastanie«.

Von außen sah es ganz schön aus, eine alte Fachwerkscheune, die hübsch aufgearbeitet wurde. Auf dem Weg zu meinem Zimmer dann sah ich es in allen Ecken und an den Wänden: Die Chefin des Landgasthofes gehörte zu einer besonderen Spezies: Den Extremdekorateusen.

Eine große Bodenvase mit Seidenforsythien, aus der ein Strohschaukelpferd seinen kleinen Kopf steckte. Im Café ein alter Trog, gefüllt mit wenigen Pflanzen und vielen, an langen Stöcken steckenden, bemalten Tulpen aus Holz. Dazwischen saßen kleine Terrakottahasen und Enten und Vögel. In meinem Zimmer schließlich eine venezianische Federmaske an der Wand. Wer soll denn bitte mit so einer Fratze im Raum ruhig schlafen können?

Was treibt Frauen – und es ist leider keine Frage, dass nur Frauen so etwas tun – dazu, alles zu dekorieren? Ich denke, es ist eine Sucht, die Dekorationssucht. Ich habe überhaupt nichts dagegen, eine Blumenvase auf den Tisch zu stellen oder ein Bild an die Wand zu hängen. Das kann sogar schön sein. Doch muss man wirklich alles mit niedlichem Zeug zukleistern? Die ganze Wohnung, das ganze Haus? Nein und nochmal nein! Was will frau damit ausdrücken? »Ich bin so süß? Und dazu noch sehr kreativ? Ich bin niedlich geblieben, habe mir das Spielerische erhalten, obwohl ich schon längst erwachsen bin.« Warum wollen Frauen so sein?

Ganz schlimm, neben den erwähnten Terrakotta-Tieren, ist künstlicher Efeu oder Farn, der am liebsten mit goldenen Spiegeln gepaart wird oder von Regalen herunterschwabbelt. Wenn man ein Badezimmer ohne Fenster hat, kann man keine echten Pflanzen nehmen, das verstehe ich, aber will man wirklich immer auf diesen Efeu starren, wenn man in den Spiegel gucken möchte? Ich bekomme in diesen Wohnungen das alte Punkrockgefühl: Arrgh! Alles kaputtmachen! Zerstören! Vernichten! Den Efeu im Klo runterspülen! Verbrennen!

Meine ehemalige Schwägerin, die ist auch so eine. Sie lebt in einer großen Wohnung und alles ist voll mit schlimmen Sachen. Jahreszeitlich wird umdekoriert und sie kauft gerne diese nutzlosen glänzenden bunten Kugeln, die man in die Blumenkästen steckt. Damit die Blumen nicht so einsam sind?

Ich bekomme bei ihr Atembeschwerden, denn egal wohin ich meinen Blick schweifen lasse, um Entspannung zu finden, es gibt kein Entrinnen vor der Dekoration. Ich fühle mich in solchen Umgebungen mental gezwungen, irgendwas Nettes zu sagen. Nicht über die Wohnungsbesitzerin, sondern über die Wohnung. Ich glaube, das ist genau der Trick, der dahinter steckt. Ablenken von der eigenen Person, hin zum Plunder. Und diese Frauen sind auch noch stolz darauf, viel Geld auszugeben, damit es gemütlicher wird. Gemütlich!

Wenn ich bei der Schwägerin bin, versuche ich, die Wohnung zu erleichtern. Sie ist eine großzügige Frau und so sage ich bei besonders grässlichen Dingen Sätze wie »Oh, diese künstlichen Sonnenblumen sehen aber fröhlich aus!«

Da sie der Meinung ist, ich hätte nicht so ein Gefühl für Verschönerungen, denn bei mir sei es kahl und deshalb irgendwie unwohnlich, ist sie immer bereit mich zu unterstützen: »Ja, findest du? Ich find die auch toll! Weißt du was, ich schenk sie dir!«

»Toll, danke!« Kaum bin ich draußen, schmeiße ich das Zeug in die nächste Mülltonne, nicht ohne es vorher endgültig unbrauchbar zu machen. Damit die Gefahr kleiner ist, dass eine Nachbarin die Dinger bei ihrem nächsten Mülltonnenbesuch findet und in ihre Wohnung schleppt. Allerdings ist diese Taktik ein Vabanque-Spiel. Denn oft lächelt Petra nur still in sich hinein und zaubert die Scheußlichkeit bei ihrem nächsten Besuch aus der Tasche. »Guck mal – Überraschung! – was ich dir mitgebracht habe. Das gefiel dir bei mir doch so gut.«

Dann gibt es den Mist doppelt. Ich schmeiße ihn trotzdem weg.

Zu Ostern wird es immer besonders schlimm, Ostern

schreit gerade zu nach Dekorationen, das wissen auch die Dealer in den Blumengeschäften und bei Nanu-Nana. Große Tonnen Plunder warten an jeder Ecke und ist man erst mal angefixt, kann man nicht mehr daran vorbeigehen, ohne was zu kaufen. »Das gibt's ja nicht. Kleine Bienen aus Federn, die sind aber süß. Kosten nur 6 Euro 99. Kauf ich!«

Ich fordere Selbsthilfegruppen und Therapieeinrichtungen für diese Frauen. Dort werden sie lernen, ein Regal aufzustellen und nur das, was in ein Regal hineingehört, also Bücher, Musik-Anlagen, Aktenordner, darin zu platzieren. Dann müssen sie das Regal anstarren. Sonst nichts.

Neben ihnen werden viele Gänse aus Keramik stehen, diese angeblichen Buchstützen, deren Schwimmflossen oder Köpfe so lustig am Regal herunterhängen, und sie dürfen sie nicht benutzen. Erst werden sie von Heulkrämpfen geschüttelt, dann werden sie verzweifelt versuchen, aus Buchseiten kleine Origami-Kunstwerke zu basteln, damit es schöner wird.

Irgendwann aber werden sie sich einfach hinsetzen und sagen: »Mensch, so ein Regal ohne Dekoration sieht richtig gut aus.« Dann ist schon ein weiterer, großer Schritt für die Menschheit getan.

Frage: Was haben die toten Rehe von Irxleben damit zu tun? Nichts, außer dass sie, obwohl überfahren, das Hübscheste waren, was ich an diesem Tag gesehen habe. Natürliche Eleganz, die schafft man nicht mir Tinnef, die hat man oder eben nicht.

SIEBEN LÜGEN FÜR EINE BESSERE WELT

Wissenschaftler haben herausgefunden, dass jeder von uns ständig lügt. Das ist gut und richtig so, denn ohne Lügen wäre die Welt schlimm. Ich lüge selber gerne und oft und habe die wichtigsten Unwahrheiten zusammengefasst.

1. Ich verstehe genau, was du meinst.

Eine meiner absoluten Lieblingslügen. Mit diesem einfachen Satz entgeht man so manchen unerfreulichen und zähen Gesprächen. Einfach zustimmen, egal, ob es um die Macken des Freundes deiner Freundin geht, um die Zusammenhänge der Weltwirtschaft oder darum, wie das Internet genau, also ganz genau funktioniert. Nie, wirklich nie sollte man sagen: Das verstehe ich nicht. Stattdessen nicken oder Geräusche machen, die glauben lassen, man sei der gleichen Meinung und schnell kann man wieder über interessantere Themen sprechen. Über mich zum Beispiel.

2. Nein, wie oft soll ich das noch sagen: Ich betrüge dich nicht!

Diese Lüge aus der Vergangenheit gehörte selbstverständlich zu der Frage »Sag mal, bist du eigentlich treu? Also mir?« Am liebsten wurde sie mir im betrunkenen Zustand gestellt, in der Hoffnung, dass der alte Sinnspruch »Betrunkene und Kinder sagen die Wahrheit« tatsächlich stimmt. Ist aber nicht so. Wenn ich jemanden betrügen wollte und es bislang nicht erzählt hatte, hatte ich meine Gründe dafür. Die waren oft mildtätiger Natur, wenn ich wusste, dass die ehrliche Beantwortung viel Leid, Schmerz und endlose Diskussionen auslösen würde. Treue ist eine Frage des Glaubens, nicht der Wahrheit. Man kann das mit dem Christentum vergleichen. Da interessiert es nicht wirklich, ob Maria Jungfrau war, als sie Jesus geboren hatte. (Jeder weiß schließlich, dass sich Jungfräulichkeit spätestens, aber allerspätestens mit der Geburt erledigt.) Es geht einfach darum, zu glauben, dass es so gewesen sein könnte. Genauso verhält es sich mit Treue. Die Hauptsache ist, dass ich in meinem Gegenüber das Gefühl erwecken kann, ich sei treu. Und das war oft ganz schön anstrengend. Darum habe ich diese Lüge in die Mottenkiste gepackt und bin jetzt tatsächlich treu. Aus Faulheit.

3. Nein, ich glaube nicht an Horoskope.

Hier muss ich leider gestehen: Dies ist eine fette Lüge, einfach weil es mir peinlich ist, dass ich täglich mein Horoskop lese. Auch in jeder Brigitte, Frau im Spiegel oder der BZ suche ich, sobald sie mir in die Hände fallen, zuerst die Horoskopseite. Ich finde Horoskope einfach so überaus tröstlich. Siehste, kann ich mir dann sagen, ist doch kein Wunder, dass mir heute der Sinn so gar nicht nach Arbeit steht, heute ist schließlich der Saturn in die Jungfrau getreten, da sehnen sich Geist und Körper nach Entspannung und Unterhaltung. Dann brauche ich auch kein schlechtes Gewissen zu haben, wenn ich schon am Nachmittag Weinschorle trinke, das verlangt einfach mein astrologischer Rhythmus.

4. Ob ich auch finde, dass der Frühling die tollste Jahreszeit ist? Na klar.

In Wirklichkeit stresst mich der Frühling jedes Mal wieder enorm. Ich bin nicht glücklich im Frühling und ich kann es nicht wirklich verstehen, dass es anderen so geht. Ich mag Regen und graue Wolken. Aber das kann man ja niemandem erzählen, da denken alle man spinnt. Also ist eine Lüge hier durchaus angemessen.

5. Ich HASSE die Rolling Stones. Pink Floyd auch. Bob Dylan find ich furchtbar.

Das ist nur halb gelogen. Ich hasse diese ganze Attitüde, die vor allem Männer über 50 mit diesen Musikern verbinden. Dieses »Hör doch mal auf die Texte von Dylan« kann ich nicht mehr ertragen. Ich will nie, nie wieder »Under my thumb« hören müssen und ich will nie wieder die Geschichte des Rocks anhand von Pink-Floyd-Gitarren-Soli erklärt bekommen. Diese Glorifizierung geht mir so auf die Nerven, da kann ich nicht anders, als laut zu schreien, wenn die Stones aufgelegt werden. Schön ist immer wieder zu sehen, wie leicht Männer über 50 regelrecht ausflippen, wenn man diese Ikonen angreift. Fassungslose Gesichter kann man damit provozieren. Ich meine, natürlich ist es ok, auf Stones-Konzerte zu gehen, um greise Musiker die immer gleichen, scheinrevolutionären Gesten vorführen zu sehen und natürlich ist es wahnsinnig interessant, ob »der Meister« bei diesem oder jenem Konzert gute oder doch eher schlechte Laune hatte, doch noch interessanter ist die Frage, ob ich morgen Nudeln oder Kartoffeln koche. Außerdem, und das kann nicht oft genug gesagt werden: Wenn jemand Gott auf der Bühne ist, dann die Ramones und AC/DC.

6. Nein!

Diese Lüge gehört zu den Fragen »War es für dich auch so schön?«, »Hattest du einen Orgasmus?« oder »Bin ich hier richtig?«. Auf alle diese idiotischen Fragen sollte man mit einem klaren, deutlichen Nein antworten. Erstens, weil jeder, der diese Fragen stellt, einfach keine andere Antwort verdient hat, zweitens aber auch, weil dieses einfache Nein deinen Partner herausfordert, sich mehr Mühe zu geben. Manchmal kann man dann mal Ja sagen, nur nicht zu oft, sonst kehrt ganz schnell Routine ins Liebesleben ein.

7. Natürlich habe ich eine Verdienstbescheinigung. Ich faxe sie gleich rüber.

Eine klassische Lüge von Künstlern jedweder Couleur auf Wohnungssuche. Ich weiß nicht, warum Vermieter immer noch so weltfremd sind zu glauben, irgendjemand hätte noch so etwas wie eine Verdienstbescheinigung, aber anyway. Meine letzte Wohnung bekam ich durch eine Reihe von im Copyshop gefälschten Bescheinigungen und Verträgen und mithilfe einer gewissen kriminellen Energie, da ich für eine billige Ofenheizungswohnung ein unverhältnismäßiges Einkommen vorweisen sollte und zudem auch noch eine Mietschuldenfreiheitsbescheinigung meines damaligen Vermieters gefordert wurde. Nie im Leben hätte der mir so etwas ausgestellt, da wir uns in einem langen, zähen Kampf um Mietminderungen befanden. Also fälschte ich auch diese Bescheinigung, mit der Angabe einer Telefonnummer, die zum Handy meiner Freundin gehörte. Diese änderte für drei Tage ihre Mailboxansage von einem lockerem »Hallihallo, bin nicht da« in einen äußert seriösen Text, der jeden hätte glauben lassen, sie wäre Mitarbeiterin einer Wohnungsbaugesellschaft.

STEHT MIR DAS?

Eigentlich sind Kleidungsfragen kein unlösbares Problem für mich. Morgens ziehe ich an, was oben in den Schrankfächern liegt, abends, wenn wir ausgehen, wird noch mal genauer gesucht und normalerweise auch gefunden. Man sieht es mir vielleicht nicht auf den allerersten Blick an, aber ich mag Mode. Fashion und ich, wir sind ganz dicke Freunde.

Aber dann lag plötzlich eine Einladung zu einem großen Sommerfest vor, zu einer Hochzeit, und der Blick in den Kleiderschrank zeigte ganz eindeutig: Hiervon passt nichts. Und zwar so was von nichts.

Ich gehe gerne einkaufen, allerdings finde ich es schwierig, gezielt zu kaufen. Meistens kaufen die Sachen eher mich als andersherum. Es hängt etwas im Laden, das mir laut entgegenruft: »Zu dir will ich!« Dann nehme ich das.

Diesmal war es anders. Nichts lockte und wenn ich einen Ruf hörte, dann: »Nein, zu dir kann ich nicht. Wir passen nicht zusammen. Lass mich bloß hier hängen. Geh weiter.«

Langsam wurde es stressig, der Festtermin rückte viel zu schnell näher, es gab dort zwar keine Kleiderordnung, doch schick, richtig schick musste mein Outfit werden. Nur: was war eigentlich schick? Kaufte ich also Modezeitschriften, um mal zu sehen, was derzeit in war. Haremshosen, in die noch gut und gerne zwei Windeln passen, die waren in diesem Sommer modern, obwohl weit und breit kein Harem zu finden war und auch keine Wüstenwinde wehten. Die wollte ich nicht. Jogginghosen aus Jersey waren auch in. Und sehr hässlich. Ganz kurze Kleidchen. Das ging nicht. Ansonsten Schulterpolster, Nieten und Leggings. Das war alles toll. Hatte ich in den Achtzigerjahren, als diese Mode schon mal in war, gedacht. Bis ich die ganzen Fotos sah, die mir die Wahrheit zeigten. Denselben Fehler zweimal begehen, das würde ich sicher nicht tun.

Schließlich, natürlich an einem Samstag, erbarmte sich der Freund und sagte: »Los, wir kaufen jetzt was.« Als ob das so einfach wäre. Es geht doch schon zu Hause los: Was ziehe ich an, um etwas zum Anziehen zu kaufen? Es muss praktisch zum Aus- und wieder Anziehen sein, also ein Rock. Strumpfhosen müssen drunter, sonst ist es zu kalt. Die Schuhe dürfen keine zu hohe Absätze haben, sonst verliere ich nach zwei Geschäften die Lust weiterzulaufen. Sneakers gehen jedoch auch nicht. Die sehen blöd aus, wenn man einen Rock oder ein Kleid anprobiert, dann kauft man nichts und das ist nicht Sinn der Sache. Die Jacke darf nicht zu dick sein, da die meisten Läden überheizt sind, aber auch nicht so dünn, dass man draußen friert. Schminke muss aufgetragen werden, denn überall werden Spiegel sein, in die ich reinsehen muss, und wenn das, was da raussieht, nicht gut aussieht, dann passen auch keine schicken Klamotten dazu.

Eigentlich war ich also bereits total erschöpft. Es half nichts, wir fuhren in ein Einkaufsparadies. Gingen zu H & M und Zara, zu C & A und Benetton, zu Adidas, zu Pimkie und Orsay und zu Stefanel. Nirgendwo hing etwas, das ich auch nur anprobieren mochte. Alles war billig und sah auch so aus, oder teuer, sah aber billig aus, oder hässlich und sah genauso aus oder es war nur für Magersüchtige, die auch so aussehen. Daher beschlossen wir, dass Schluss sein muss mit dem Leben als Billigheimer. Wir gingen in die Friedrichstadtpassagen. Das sollte ab sofort unsere Liga sein.

Dort fanden wir einen kleinen Laden, mit Abendgarderobe im Schaufenster. »So, da gehen wir jetzt rein.«

»Nein.«

»Doch.«

»Auf keinen Fall.«

»Stell dich nicht so an.«

»Aber ich probiere nichts davon an.«

»Das werden wir ja sehen.«

Ich wurde schubsend ins Geschäft gezwungen. Gleich eilte die Verkäuferin auf uns zu. Sie war sehr klein, ihr Kopf reichte knapp bis zu meinen Schultern, doch sie wusste das geschickt zu überspielen. Ein riesiger toupierter rotgefärbter Haarballon saß auf ihrem Kopf und damit war sie eindeutig größer als ich.

Ansonsten war sie in rote Spitze und mehrere schwarze Röcke eingewickelt. Überall an ihr waren Gürtel drapiert. Unterm Busen, über, unter und neben der Taille, ein weiterer umspielte den Po und ihre spitzen Stiefel wurden ebenfalls mit Schnüren und Schnallen am Bein gehalten. Lange, rosa Fingernägel paarten sich mit rund 15 Goldringen, sie war etwa 60 Jahre alt und sie berlinerte. Ich war sprachlos. Diese Frau verstand etwas von Mode, das war nicht zu übersehen.

»Kann ick Ihnen helfen?«

»Wir suchen etwas für eine Feier.«

»Ah, da sind Sie hier jenau richtig. Wat is'n das für ein Fest?«

»Ach, nur eine Hochzeit.«

»Eine Hochzeit, das ist ja wunderbar. Sehen Sie mal hier, wie jefällt Ihnen das?« Sie streckte uns ein bodenlanges, knallrotes Kleid entgegen.

»Nö, das ist eher nicht so …«

»Papperlapapp, Sie müssen es anprobieren. Es ist janz reizend.« Ich suchte, um Hilfe flehend, den Blick meines Freundes, doch der wurde gerade von einem Traum aus gelbem Tüll paralysiert.

Wieder wurde ich gedrängt, diesmal von der Haarpracht der Verkäuferin, mit der sie mir kleine, wohlplatzierte Schubser in den Rücken versetzte. Aua. Ich war gefangen. In einer winzig kleinen Garderobe mit Saloontüren. Das sind die schönsten Umkleidekabinen überhaupt. Oben und unten freie Sicht und in der Mitte der beiden Schwingtüren ein großer Spalt. Von allen Frauen geliebt.

Nun, probierte ich es eben an. Minuten später öffneten sich die Saloontüren und heraus kam ich. Also etwas, das mal ich war. Meinen Kopf erkannte ich im Spiegel wieder, ansonsten sah ich aus wie ein rotes Knallbonbon. Das Kleid hatte an den Seiten und unter dem Hintern riesige Schleifen. Es war ein Traum. Ein Albtraum.

Die Verkäuferin sah das anders. »Dit steht Ihnen wunderbar.«

Wir zweifelten.

»Sie müssen es sich mit Schuhen vorstellen.«

Ich konnte mir nicht vorstellen, dass Schuhe hier irgendetwas verbessern könnten.

Sie gab für diesen Moment auf, hatte aber bereits einen Berg anderer Kleider auf ihren Armen, die sie uns entgegenstreckte. In ihre irrwitzige Frisur hatte sie zusätzlich zwei Bolerojäckchen samt Bügel eingehakt. Es war etwas blaues, etwas sehr, sehr buntes, etwas Schulterfreies, etwas aus grellblauem Satin und ein Neckholder. Das Blaue ließ sich nicht zumachen.

»Also, ick würde das schon zubekommen. Darf ick mal?«, drohte die Verkäuferin und sagte: »Natürlich, man muss sich entscheiden – entweder will man jut aussehen oder man will sitzen können. Beides zusammen, dit jibts nicht.«

»Aber atmen. Ich muss an einem Abend mindestens, allermindestens sechs Mal atmen können.«

Sie sah mich missbilligend an. »Nun, wenn Sie meinen.«

»Schulterfrei sollten nur ganz, ganz junge Mädchen tragen«, sagte ich zum nächsten Kleid.

»Ach wat, Unsinn«, sagte sie.

»Sehen Sie doch, das ist nicht hübsch, wenn hier an den Seiten Speck rausquillt.«

»Dit ist keen Speck, dit is Ihre wunderbare Alabasterhaut«, sagte sie.

Nicht schlecht, dachte ich, sie hat vollkommen Recht. Trotzdem, das wollte ich nicht. Das nächste war zu kurz. Viel zu kurz.

»Da ziehen Sie ein paar Leggings drunter und zack – sieht dit sehr jut aus.« Sie sagte allerdings nicht Leggings, sondern Ledschinns. Ein viel schöneres Wort, das ich sofort übernommen habe.

Ich probierte ein Kleid nach dem anderen an. Eines konnte ich nicht tragen, und zwar im wahrsten Sinne des Wortes, denn es war über und über mit kratzigen und sehr schweren Strasssteinchen bestickt. Mindestens zehn Kilo wog es. Beim Ausziehen schürfte Strass über Alabasterspeck und hinterließ blutige Striemen.

Mittlerweile hielt ich nicht nur die Verkäuferin für verrückt, auch meinen Freund hatte es schlimm erwischt. Er hielt mir etwas entgegen, das die schillernde Farbe von Schmeißfliegen mit der Haptik von Bauschaum verband. »Los, anprobieren!«

Die Verkäuferin war begeistert. »Sehen Sie, Ihr Mann, der hat wenigstens Jeschmack.«

Ich zog es an und sah in den Spiegel. Mein Gott, das hätte ich nicht gedacht, was für eine Verwandlung. Ich sah ja aus wie eine Prinzessin. Eine Prinzessin in einem schlechten Horrorsplatterfilm, die gleich alle abschlachten wird. Die blutigen Striemen auf meinem Dekolleté passten hervorragend.

Während der kurzen Verschnaufpausen in meinem Saloon wurde mir langsam klar, warum grade reiche, ältere Frauen, die man in Illustrierten sieht, oft so extrem geschmacklos angezogen sind, wenn sie auf ihren Bällen, Empfängen und Cocktailnachmittagen defilieren. Sie alle kaufen hier ein. In den Friedrichstadtpassagen. Ich war im Auge des Hurrikans der Scheußlichkeiten gelandet. In der Modehölle. Ich konnte nicht mehr.

»Also, ich muss mir das alles noch mal überlegen. Vielen Dank für Ihre Mühe.« Damit waren wir draußen. Ich um die Erfahrung reicher, dass eine Zukunft mit Bällen, Empfängen und Cocktails nicht das Richtige für mich ist. Ist doch gut, wenn man das schon mal weiß. Brauche ich auch nicht mehr reich werden. Lohnt sich nicht. Erkenntnis Nummer Zwei: ich weiß endlich, was ich nicht tragen will. Was ich bei der nächsten Suche ausschließen kann. Als da wären: Strass, Schulterpolster und Ledschinns, Blaues, Schulterfreies, Buntes, Bodenlanges, Rotes, alles Schillernde aus Bauschaum, Billiges und Kurzes und Teures, das billig aussieht und viel zu eng ist. Und natürlich alles aus Jersey und Satin.

Das macht die Sache doch schon viel einfacher. Irgendwie.

ZELTEN FÜR DIE SOLIDARITÄT

Während meine Schulfreundinnen im Sommer mit ihren Eltern nach Tunesien, Italien oder Schweden flogen oder ihren Urlaub tatsächlich auf Ponyhöfen verbrachten – ich glaube, sie taten dies nicht, weil sie Pferde tatsächlich so liebten, sondern eher um mir danach Fotos unter die Nase zu reiben – waren meine Ferien echte Arbeiterkindzeiten. Denn ich musste meinen Sommer in Lagern verbringen. Ohne Pferde. Ohne Meer. Ohne Eltern. Gut, das Letztere fand ich ganz in Ordnung, da ich mir weder mich noch meine Eltern am Strand von Saint Tropez, Nizza oder Mallorca vorstellen konnte. Auch in ein schwedisch-rotes Holzhaus passten wir nicht.

Meine Eltern schickten mich, auf Anraten meiner großen Schwester, im Alter von zwölf Jahren zu den Falken, der Sozialistischen Jugend Deutschlands. Deren Büro befand sich im Erdgeschoss eines Hauses, in dem ich Jahre später für einige Zeit wohnen sollte. Ich fand es in diesen Jahren immer wieder lustig, daran vorbeizugehen, ins Schaufenster zu linsen und zu sehen, dass sich dort seit den späten Siebzigerjahren nichts verändert hatte.

Damals, bei meinem ersten Besuch, nach der langen Bus- und U-Bahnfahrt von Wilmersdorf zum Kottbusser Tor wusste ich natürlich nicht, was mich erwarten würde. Da meine Eltern diesen Vorschlag gemacht hatten, vermutete ich nichts Gutes. Noch heute ist mir die Entscheidung, mich zu den Falken gehen zu lassen, unerklärlich. Ich glaube, es war einfach ein Missverständnis. Die Falken galten als SPD-nah und meine Eltern dachten wahrscheinlich, es wäre die Jugendorganisation der SPD. Tatsächlich aber ist die SPD nur die einzige Partei, deren Mitgliedschaft für Falken erlaubt ist. Ein Riesenunterschied.

Die Falken waren eindeutig Kommunisten. Darum wurde uns bei den wöchentlichen Treffen auch nicht besonders viel über die SPD beigebracht. Eigentlich gar nichts. Man erzählte uns lieber von den Ungerechtigkeiten des Weltwirtschaftssystems und damit traf man natürlich ziemlich genau das Herz von gerechtigkeitsfanatischen Jugendlichen. »Ey, voll ungerecht«, riefen wir begeistert und »Die da oben lassen es sich gut gehen und wir bleiben auf der Strecke«.

Wir setzten uns für die Rechte von Lehrlingen und Arbeitern ein, obwohl ich persönlich weder die einen noch die anderen besonders interessant fand und für mich definitiv keine der vorgesehen Arbeiterkarrieren in Frage kam. Auf Demos hielten wir Schilder hoch, auf denen Rosa Luxemburg und Karl Liebknecht abgebildet waren.

Von deren Ideen, oder von den Problemen eines kommunistischen Staates, erfuhren wir wenig. Ich muss sogar sagen: Ich kannte gar nichts, außer den bekannten Satz: »Die Freiheit ist immer die Freiheit des Andersdenkenden.« Den fand ich natürlich gut, vor allem, da ich zu Hause die Andersdenkende war. Ich marschierte also fröhlich mit. Außerdem haben wir auf den Gruppentreffen auch immer so hübsche Lieder gesungen, von Sacco und Vanzetti und von den Schmuddelkindern oder Moorsoldaten. Spanisch lernten wir auf Demos mit dem Satz »El Pueblo unido, jamás será vencido«.

Doch es gab ja noch die anfangs erwähnten Ferienlager, in denen ich zwei Sommer verbrachte, einen in Frankreich, einen in Österreich.

Wir schliefen in Acht-Personen-Zelten, die auf Wunsch der Falken geschlechtergemischt waren. Uns Mädchen war das definitiv zu viel Nähe zum anderen Geschlecht. Wir verkündeten bei der täglichen Lagerbesprechung, dass wir uns ab sofort weigern würden, mit Jungs in einem Zelt zu schlafen. Aus frauenpolitischen Gründen.

Die Teamer versuchten, uns den historischen Hintergrund des gemeinschaftlichen Schlafens zu erklären. Das sei, so sagten sie, weil in den Arbeiterfamilien früher nicht jedes Kind ein eigenes Bett hätte, geschweige denn ein eigenes Kinderzimmer. Damit man also im Lager die gleichen Umstände erlebe wie zu Hause, solle man in geschlechtsgemischten Zelten schlafen.

»Das ist uns egal. Jungs stinken«, hielten wir dagegen und schufen Fakten, indem wir die Rucksäcke der Jungs aus dem Zelt schmissen und eine selbstgemalte Fahne mit dem Frauenzeichen auf unserem Zeltdach hissten.

»Mädchenpower!«, riefen wir mit geballter Faust und

galten damit bei den anderen Jugendlichen und den Teamern merkwürdigerweise als besonders cool. Unser Zelt war von da an nicht frei von Jungs, im Gegenteil, seit wir ein Mädchenzelt waren, traf man sich besonders gerne bei uns. Nur nachts warfen wir sie raus.

In den folgenden drei Wochen wurde einiges für uns veranstaltet. Eine Lagerolympiade, bei der es nicht um höher, schneller, weiter, sondern um so witzige Alternativen zum Leistungssport ging, wie etwa den Wettbewerb »Wer kann am langsamsten rückwärts laufen mit Augen zu«. Es gab eine Nachtwanderung im Wald, bei der ich mich aus Langeweile und vor allem aus Angst verletzte, ich war schließlich ein Großstadtkind, das gelernt hatte, dass man immer und überall ausreichend Licht braucht. Dazu kamen mehrere Abende mit sehr alten Partisanen aus dem Zweiten Weltkrieg, die uns zeigten, wo sie damals ihre Waffen versteckt hatten oder wie man nur aus Erde, Rinde und Gras eine leckere Suppe kochen kann, und die auf Bitten der Teamer auch mal ihre Hemden hochschoben, um uns die Narben von ihren Schussverletzungen zu zeigen.

Das Allerschönste war jedoch etwas ganz anderes, völlig unpolitisches. Mindestens einmal in der Woche und zusätzlich zum Bergfest, nach der Hälfte des Aufenthaltes, wurde abends eine Lagerdisco veranstaltet. Und dazu verwandelten sich die ganzen kleinen und ziemlich schmuddeligen Revolutionäre, die wir waren, in wohlriechende, sauber angezogene, stark geschminkte und mit viel Modeschmuck behängte Teenager. Die auf richtiger Discomusik bestanden. Die am späten Abend, entfesselt von dem einem Bier, das wir über 14-jährigen trinken durften, auf das andere Geschlecht zurannten, um endlich, endlich – Klammerblues zu tanzen!

Und das ist wohl der Hauptgrund, warum ich diese Lager in so guter Erinnerung behalten habe. Klammerblues mit Joost, meinem Schwarm, zu Rod Stuarts »Sailing«. Ein Lied, das ich bis heute nicht ohne sofortige Erinnerung an die Falken hören kann.

Zurück in Berlin zeigten mir meine Schmargendorfer Freundinnen ihre Fotos aus Schweden oder Nizza, auf denen immer irgendwelche gutaussehenden, braungebrannten Surfertypen mit Muschelhalskettchen zu sehen waren. Mir machte das nichts mehr aus. Ich hatte ja »Sailing«, und das war viel mehr wert als Ferien auf dem Ponyhof.

IMPULSE EINER UNTERGEGANGENEN WELT

Wie es sich für Berliner gehört, fahren wir am Wochenende oft und gerne nach Brandenburg, um an einem der vielen Seen den Tag zu verbringen. Nach einer großen Runde durch den diesmal ausgewählten See lag ich an diesem Samstag zum Trocknen und Bräunen auf meinem Strandlaken.

Das zumindest ist die offizielle Version. Die Wahrheit sah anders aus. Ich interessiere mich nicht besonders für den Schwimmsport, mein eigentliches Interesse gilt den Menschen um mich herum. Ich bin hier um Fremde zu beobachten und zu belauschen. Unfreundliche Mitbürger könnten mich als Spannerin bezeichnen, ich aber glaube, diese Bezeichnung gibt es nur in der maskulinen Form und meint Männer, die andere beim Sex beobachten. Das mache ich nicht, ich stelle es mir sogar ausgesprochen langweilig vor. Ich will einfach zuhören, was andere so miteinander besprechen.

»Guck mal!« Ich stieß meinen schläfrigen Freund an. »Guck mal, der Mann da, findest du das schön?« oder »Meine Güte, wie laut die sich die Nase putzt, so etwas habe ich aber noch nie gehört. Jetzt macht sie es noch mal. Also mit der könnte ich nicht zusammenleben, das würde mir ja wahnsinnig auf die Nerven gehen.«

Ich beobachtete eine Gruppe von Jugendlichen, alle

ungefähr zwischen 16 und 19 Jahre alt. Als der dickste Junge als einziger im Wasser war, beschlossen alle anderen, nach Hause zu gehen.

Ein Mädchen und ein Junge stiegen aus dem See. Sie waren vielleicht acht Jahre alt und in ein aufregendes Gespräch vertieft.

»Nein, das war keine Leiche.«

»Na klar war das eine Leiche.«

»Überhaupt nicht. Der ist einfach verschwunden, das beweist nicht, dass er auch tot war.«

»Aber als er sich im Klo eingeschlossen hatte, da kam ihm doch der Gangster hinterher und dann hat man ganz viel Blut unter der Klotür rausfließen gesehen.«

»Trotzdem. Leichen sind nur die, die man auch tot sehen kann, die anderen sind höchstens Vielleichtleichen. So haben wir das abgemacht.«

»Na gut, dann waren eben nur drei Leichen in dem Film.«

Ein melancholisch-philosophisches Gesprächsthema haben die beiden gefunden: Wann gilt ein Mensch als tot?

»Ich darf heute Abend bestimmt wieder fernsehen. Du kannst bei mir schlafen, wenn deine Mama es erlaubt, dann gucken wir zusammen.«

Die beiden waren bei ihren Eltern angekommen, wurden abgerubbelt, die Philosophierunde für den Moment aufgelöst.

Eine Familie war behindert, zumindest Vater und Sohn. Sie liefen so merkwürdig durch den Sand, beide setzten nur die Fersen ihrer nackten Füße auf den Boden und bekamen dadurch einen komischen Entenwatschelgang. Dann will ich mal nicht so hinüberstarren, das ist blöd, wenn man immer beobachtet wird, weil man nicht so aussieht wie alle anderen. Ich schaute weg und dann doch noch einmal hin, aber ganz unauffällig. Vater und Sohn hatten ihre Schuhe angezogen und konnten auf einmal völlig normal laufen. Also doch nicht behindert. Oder ist der Sand vielleicht zu heiß? Ich würde es ausprobieren.

»Willst du auch ein Eis, ich hole mir eins«, fragte ich den Freund. Er nickte, ich stand auf, lief durch den Sand, völlig normale Temperatur hatte der, ich warf einen missbilligenden Blick zu dem nichtbehinderten Vater.

Am Kiosk hing ein Schild »Impulseis & Streicheis«. Impulseis? Was mochte das sein? Mir fiel die Impulsgeschwindigkeit vom Raumschiff Enterprise ein, doch eine Verbindung zu Speiseeis fand ich nicht. Streicheis, darunter konnte ich mir etwas vorstellen, das gibt es auch in Berlin. Keine Kugeln, sondern mit einem Spatel in einen Becher gematschte Eispampe. Aber Impulseis? Ich fragte den Mann hinter dem Tresen. Er freute sich mir helfen zu können und erklärte: »Ich wusste auch erst nicht, was das bedeuten soll. Frag ich also den Chef, wa, und der sagte, das wäre ein alter DDR-Begriff. So wie »akrobatischer Volkstänzer« für Breakdancer oder »Stomatologe« statt Zahnarzt und »Krusta« statt Pizza. Genau, das ist das beste Beispiel. Also Impulseis, das ist eigentlich Softeis. Da das ein Begriff aus dem kapitalistischen Ausland war, hieß das hier eben Impulseis. Warum auch nicht, wa!«

»Ach, so war das«, sagte ich. »Man lernt doch nie aus«, sagte ich auch noch. »Dann nehme ich zwei Impulseise.«

»Ja, nee, das tut mir leid, das haben wir nicht mehr im Angebot.« Es folgte eine weitere Erklärung. Sein Chef hatte das Kioskschild kurz nach der Wende gekauft, die Impulseismaschine war bald darauf kaputtgegangen, der Betrieb, der diese Maschinen herstellte, war bereits abgewickelt und somit kam das Gerät auf den Müll. Das Schild hatte nun keine Bedeutung mehr, sah aber noch astrein aus und wurde darum nicht ausgetauscht. Mir kann man viel erzählen, ich bin aus dem Westen, dachte ich und sagte: »Gut, dann nehme ich zweimal Streicheis.«

»Das ist ehrlich gesagt auch nicht mehr da, wir haben hier bloß noch Langnese, Eis am Stiel.«

Ich kaufte zwei Cornetto und ging zurück zum Freund. »Hier bitte sehr, Impulseis war alle.« Er schaute mich fragend an. »Ist abgewickelt worden, genauso wie Streicheis. Kann ich auch nichts für.«

Neben uns lagen eine Frau und zwei kleine Jungs. Neidisch starrten die Kinder auf mein Eis, während sie sich umzogen. Erst die Badehose aus, dann Unterhose und Shorts an.

Der eine Junge verzichtete auf die Unterhose und erzählte der Mutter und dem Freund stattdessen von den knallroten Ruderbooten, die am Rande des Sees lagen.

»So ein Ruderboot möchte ich auch haben. Dann könnten wir immer auf dem See bleiben. Immer! Aber die kosten bestimmt 100 Euro und Mama, ich bekomme nur 50 Cent Taschengeld in der Woche. Können wir es nicht so machen: Ich bekomme jetzt jeden Tag einen Euro und spare das Geld. Alles! Und dann kann ich für uns ein Ruderboot kaufen. Das wäre doch schön, oder? Mama, bitte.«

Mama musste nicht antworten, der Kleine hatte sich im Eifer des Gesprächs den Pimmel im Reißverschluss seiner Shorts eingeklemmt und begann laut zu schreien. Das ist aber in dem Alter nicht wirklich schlimm, die sind noch elastisch.

Hinter uns ein neues Gespräch.

»Ich finde die Farbe ganz schlimm. Kann man so doch nicht tragen.«

»Stimmt. Das sieht furchtbar aus.«

»Steht der auch überhaupt nicht. Die ist doch voll blass, wa. Ich würde so blass überhaupt nicht an den Strand gehen. Wozu gibt es schließlich Solarien?«

»Und dann noch ein Bikini. Die ist viel zu alt für einen Bikini. Ich würde mich schämen. Und ausgerechnet einen gelben!«

Ich sah an mir herunter. Ich war blass, ich trug einen Bikini und der war – gelb! Ey, die reden über mich!

Drum wandte ich mich schnell dem Freund zu: »Komm wir gehen, hier ist es blöd. Überall wird man beobachtet und belauscht, wie bei der Stasi. Das geht doch nicht. Unmöglich.«

NUMMER 37? HAB ICH!

Viele finden Weihnachten blöd. Sie gebrauchen Vokabeln wie »Konsumterror« oder »Scheinheiligkeit«, um ihre Position deutlich zu machen. Feiern »müssen« sie trotzdem. Natürlich nur unter jämmerlichem Protest: »Ich fahre über die Feiertage nach Hause. Ganz schlimm ist es da.«

»Und, was macht Ihr dann?«, frage ich.

»Mutter macht wie immer alles alleine. Den Braten, das Baumschmücken, die Torte. Grässlich. Aber was soll man machen? So ist sie halt.«

Ja, ja, klar, natürlich.

Ich mag Weihnachten, schon wegen der Kirchenbasare. Auf dem Schönsten ist der jährliche Höhepunkt die Tombola.

Der Ablauf ist immer der gleiche. Zuerst sind alle damit beschäftigt, Lose für 50 Cent zu ergattern, dann ist Zeit, die anderen Attraktionen zu bewundern. Da ist der Mann mit der Farfisa-Orgel. Der spielt nichts Modernes, wie andere, die die Schweineorgel als Retrokult wiederentdeckt haben, nein, er ist Traditionalist. Spielt einen bunten Melodienstrauß, der mit »Einmal um die ganze Welt« anfängt und beim »River-Kwai-Marsch« noch lange nicht endet.

Weiter zum Kuchenstand. Dort gibt's Frankfurter

Kranz, einen Kuchen, der in der freien Wildbahn längst ausgestorben ist, und Schwarzwälder Kirschtorte. Mit Kirsch!

Hat man kleine Kinder, kann man sie abgeben. Sie basteln etwas, das man für immer aufbewahrt, obwohl, oder gerade weil es grottenhässlich ist.

Weiter zur Geschenkeecke. Es gibt tolle Topflappen, in die mit der Muscheltechnik große Löcher reingehäkelt wurden. Dafür sind sie rosa und aus Plastikwolle. Daneben etwas aus Salzteig, Baumschmuck und Kerzenständer. Obwohl Salzteig in der Kirche verboten sein sollte, weil man mit Lebensmitteln nicht spielt. Ich kaufe immer gehäkelte Bettschuhe. Ein ganz besonderes Geschenk, eine Erfindung aus dem letzten Jahrtausend. Welcher meiner Freunde hat sie sich diesmal verdient? Mal sehen.

Dann ist es endlich soweit, die Tombolapreise werden präsentiert. Es ist fast, als wäre schon Weihnachten, alle starren aufgeregt auf die Losnummern.

»Nummer 37!«, ruft der Ansager.

»Hier!« Ich erhalte ein Stück Seife in Schafform. Toll!

»96«

»Hab ich!« Eine Dose Ananas, ja, danke, wollte ich schon immer haben. »112«, auch dies mein Los, ein Blumentopf mit Mini-Kaktus.

Jeder hält seine Gewinne in die Luft, damit die anderen teilhaben an der Freude. Bei jedem Gewinn klatschen alle Umstehenden enthusiastisch. Die Dame neben mir gewinnt eine Tüte Mehl und ist überglücklich.

Dass sich Menschen in Berlin über eine Dose Ananas und ein Kilo Mehl freuen, das gibt es eben nur zu Weihnachten.

Und nie werden die Konsumterrorfreaks dabei sein, weil sie das alles blöde finden. Selber schuld, sage ich, so bleibt mehr für mich.

DER LETZTE TAG

Der letzte Tag eines jeden Jahres ist merkwürdig. Es liegt eine besondere, nicht immer fröhliche Stimmung über den letzten 24 Stunden. Ich bin kein großer Freund von Silvesterfeiern, lieber verausgabe ich mich an den Weihnachtstagen. Und so beschlossen wir nach vielem Hin- und Herüberlegen, einfach zu Hause zu bleiben und das war vermutlich die beste Entscheidung des Tages, denn sonst könnte ich jetzt nichts berichten.

Vom Abend, an dem mit mir Kontakt aufgenommen wurde.

Am späten Nachmittag fing es an, der Sohn rief an. »Was macht ihr heute Nacht?«, fragte er.

»Nichts, wir bleiben hier, trinken und gucken uns nebenbei Konzerte von George Michael, Neil Diamond und den Bee Gees auf 3sat an«, antwortete ich.

»Echt?«

»Ja, echt.«

Am anderen Ende der Leitung kurze Stille. Ich konnte mir in dieser Stille vorstellen, wie die Vorstellung eines Silvesterabends, an dem man nur Fernsehen guckt, und das auch noch zu zweit, auf einen 24-jährigen wirken würde. Furchtbar traurig, ja grässlich und irgendwie verzweifelt. Wahrscheinlich schoss ein Gedanke wie »Zu zweit kann man wohl sehr, sehr einsam sein« durch seinen Kopf.

»Hat euch denn niemand eingeladen?«, fragte er.

»Doch, schon, aber wir hatten keine Lust.« Das hörte sich in dem Moment wie eine schlechte Lüge an. Eine Mutterlüge, die eigentlich meint: Mach dir mal keine Sorgen, Sohn, wir kommen zurecht. Nachher nehmen wir alle Tabletten, die wir das Jahr über gesammelt haben und bringen uns um. Vorher stecken wir noch die Katze in den Gasofen. Unsere Sparbücher legen wir auf deine frischgebügelte Wäsche. So hörte sich das wohl für ihn an.

Und da mein Sohn ein gutes Kind ist, konnte er diese Aussicht nicht auf sich beruhen lassen. Er versuchte uns zu retten. »Ihr könnt doch mit uns feiern.«

»Nö, lass mal, wir sind hier ganz zufrieden«, versuchte ich zu beruhigen. Blöderweise zitterte meine Stimme dabei ein wenig. »Wirklich«, schob ich nach, und schwieg einen Moment.

Ich stellte mir kurz vor, wie dieser Abend auch aussehen könnte. Zwei Mittvierziger verbringen Silvester mit einer Horde Mittzwanzigern, Erik würde öfters zur Seite genommen werden und gefragt: »Wer ist das denn?« Und er müsste antworten: »Meine Mutter.« Das deprimierte mich tatsächlich.

Trotzdem fragte ich: »Was habt ihr denn vor?«

»Nachher, um zwölf, gehen wir aufs Dach zu Leo und vorher kochen wir hier. Also Levin kocht und wir essen.«

»Hört sich toll an, wer kommt denn?«

»Ich glaube im Moment sind wir zu elft.«

Langsam verlief das Gespräch wieder in vertrauten Bahnen, also schnell weiterfragen. »Aha«, sagte ich, »und wer kommt?«

Eine Aufzählung von Namen folgte, ein paar kannte ich, andere waren mir fremd. »Ach ja, und zwei Mädels aus der Nachbar-WG wollen auch noch rüberkommen«, endete er. »Habt ihr euch mit denen angefreundet?«

»Na, so weit würde ich nicht gehen«, antwortete er, »die sind halt ganz nett.« Und dann hatte er einen kleinen Geistesblitz, für den ich ihn, kaum war er ausgesprochen, sehr liebte. »Ey, ihr müsst echt vorbei kommen, mit der einen könntest du dich nämlich super streiten«, sagte er. Mein Sohn! Weiß, wie sehr ich Streitgespräche mag. Weiß auch, dass eine 20-jährige kaum Chancen gegen mich hat. Weiß, dass meine Laune sich fast immer erheblich steigert, wenn ich jemanden so richtig schön in Grund und Boden streiten kann. Will mir so eine Freude machen. Ein gutes, ein kluges Kind.

»Wieso sollte ich mit ihr streiten?«

»Also, das ist eigentlich auch der Grund, warum ich die nett finde, man kann die ganz wunderbar in die Enge treiben und dann regt sie sich so lustig auf.«

»Ok, aber warum?«

»Hör zu, du wirst es nicht glauben: Die geht containern.«

»Die macht was?«

»Die geht containern, sucht altes Essen im Müll.«

»Echt? Super!«

»Sag ich doch. Letztens fragte sie mich, wo ich eigentlich einkaufen ginge. Bei Lidl, Penny, Aldi, sagte ich. Ach, du kannst es dir also leisten im Supermarkt einzukaufen. Und ich so: Nee, das sind keine Supermärkte, das sind Discounter und ich nehme wenigstens nicht den Obdachlosen ihr Essen weg. Sie dann gleich ein Riesenfass aufgemacht, das stimmt gar nicht, sie holt sich nur das, was in unserer Konsumgesellschaft vernichtet wird, obwohl es noch gut ist, und dass das ihr Zeichen gegen die Wegwerfmentalität wäre und außerdem würde sie so mit ihrem Geld besser klarkommen. Als ich sie fragte, warum sie in einer ziemlich teuren Wohnung lebt und wer das eigentlich finanziere, sagte sie natürlich: Ihre Eltern, weil sie schließlich studiere. Als ich da lachen musste, fing sie an zu weinen. Es war echt ganz toll.«

Eine schöne Geschichte. Die Einladung, vorbeizukommen lehnten wir trotzdem ab.

Die nächsten Stunden verbrachten wir mit Gesprächen übers Containern und kamen zu dem Schluss, dass das im Großen und Ganzen ein Hobby von verwöhnten Mittelstandskindern sei.

Gegen zehn Uhr abends klingelte das Telefon erneut. Wir waren aber zu langsam und auch schon zu betrunken und fanden das Gerät nicht. Darum sprang der Anrufbeantworter an, niemand sprach mit ihm, wir hatten das Telefon mittlerweile gefunden und konnten die Nummer des eben erfolgten Anrufers sehen. Rufnummerübermittlung, eine hübsche Erfindung der Überwachungsgesellschaft. »315, kennst du jemanden, dessen Nummer so anfängt?«

»Ja, ich glaube, das ist Peter, mein Schwager.«

Ich drückte auf die Rückruftaste. »Hallo?«

»Hallo, ich bin's, du hast eben angerufen. Wir haben das Telefon nicht gefunden.« »Äh, nö. Ich habe nicht angerufen.«

»Wer ist denn da?«

»Hier ist ein Mädchennutzungsservicecenter in Spandau.«

»Ein Mädchennutzungswasbitte?«

Resigniert sagte die Stimme: »Nicht Mädchen. Medien. Mediennutzungsservicebüro. Also einfach ausgedrückt: Ein Internetcafé.«

»Ach so. Aber Ihre Nummer ist hier auf meinem Display erschienen.« »Dann hat Sie vermutlich einer unserer Besucher angerufen, das kann ich nicht genau zurückverfolgen.«

»Aha, na, ist auch egal, guten Rutsch.«

»Danke, Ihnen auch.«

Wir überlegten lange, wer uns wohl aus einem Internetcafé in Spandau anrufen wollte. Niemand fiel uns ein. Dann klingelte es erneut.

»Hallo?«

»Ja, hallo, du hast mich gerade angerufen.«

»Was?«

»Ich bin hier im Internetcafé in Spandau und der Typ am Tresen hat gesagt ...«

»Ach so. Na, du hast doch zuerst bei mir angerufen. Worum geht's?«

»Ja, erst mal einen schönen guten Abend, ich bin übrigens der Micha, dann wäre das schon mal geklärt. Bist du Mandy?«

»Mandy? Nee, da hast du dich wohl verwählt.«

»Das kann nicht sein, ich habe hier deine Anzeige vor mir liegen und darum rufe ich doch auch an.«

»Was denn für eine Anzeige?«

»Eine Kontaktanzeige und da steht deine Nummer. Und deine Postleitzahl ist die 13587. Wie meine.«

»Micha, du bist irgendwie auf einem komplett falschen Dampfer.«

»Das ist aber komisch.«

»Tut mir leid, bei deiner Suche nach Mandy kann ich dir nicht helfen.«

»Mhm, verstehe, du bist also wirklich nicht Mandy?«

»Nee, wirklich nicht.«

»Schade. Aber du bist privat, ja?«

»Wie bitte?«

»Na das ist deine Privatnummer, oder?«

»Ja.«

»Und suchst du vielleicht auch eine neue Bekanntschaft?«

Und das war der Moment, in dem ich fast so etwas wie Bewunderung für die arme, einsame Spandauer Wurst empfand. Die vor Sekunden erlebte Niederlage einfach wegstecken und fest an eine neue Option glauben. Ich wäre an seiner Stelle vor Scham im Boden versunken, hätte mich vielmals entschuldigt und so schnell wie möglich aufgelegt. Er aber: gleich den nächsten Versuch starten. Erfolg hatte er trotzdem nicht. Nachdem ich ihn kurz an meinen Freund weitergegeben hatte, dieser ihm noch einen guten Rutsch wünschte, ließ er uns allein.

Wir stellten uns die vielen einsamen Herzen da draußen vor, die am Silvesterabend noch ganz schnell Kontakt suchen, doch so doof sind, in Mediennutzungsservicebüros rumzuhängen, anstatt zum Beispiel zum Brandenburger Tor zu gehen.

Dann dachten wir an Mandy. Wer weiß, vielleicht hängt sie gerade kopfüber in einem verschneiten Discountercontainer, sucht dort abgelaufene Joghurts und wünscht sich dabei nichts sehnlicher, als einen Micha oder Sven oder Maik an ihrer Seite zu haben. Vielleicht hat sie auch schon überlegt, mal eine Anzeige im Internet aufzugeben, bringt es aber nicht über sich, weil das doch irgendwie frauenfeindlich und kapitalistisch ist. Micha und Mandy, zwei einsame Herzen in einer großen Stadt, die nicht zueinander finden werden.

Wir aber wussten, es gibt einiges, was schlimmer ist, als Silvester zu zweit zu Hause zu verbringen, wir drehten »To love somebody« von den Bee Gees lauter, köpften noch eine Flasche Sekt und waren gespannt, mit wem wir im gleich beginnenden Jahr wohl Kontakt aufnehmen würden.

VERBRECHER VERLAG

Sarah Schmidt

BAD DATES

Geschichten

Mit einem Vorwort von Horst Evers

176 Seiten
Broschur
12 € / 22 SFr

ISBN: 978-3-935843-95-9

»›Ey, ich heiß nicht mehr Elvis, ich heiß jetzt Pogo‹, sagte er.« Der Punk, der eben noch Rocker war, ist blamiert. Alle treten sie hier auf: der Jesus-Freak, die für Männer unsichtbare Frau, der Motorradfahrer aus der Vorstadt, die notorische Schorf-Abkratzerin, die Frau, die immer für eine Faschistin gehalten wird oder die blöde Thekenbekanntschaft. In den hier versammelten Storys geht es um die zweite große Liebe, schlechten Sex, um das merkwürdige Verhältnis zu Vögeln und draußen »ist Neukölln«. In »Bad Dates« zeigt sich bei vielen schnellen, hochkomischen Dates ein Panorama unseres Alltags. Wer bei diesen Geschichten nicht lacht, der hatte kein Leben.

»Ein gutes Buch«
Horst Evers

Verbrecher Verlag Gneisenaustraße 2a 10961 Berlin
www.verbrecherei.de info@verbrecherei.de

VERBRECHER VERLAG

Sarah Schmidt

DANN MACHEN WIR'S UNS EBEN SELBER

Roman

176 Seiten
Broschur
13 € / 24 SFr

ISBN: 3-935843-41-0

Winter 1986/87. Zwei Kreuzbergerinnen, allein erziehende Mütter, jung, abenteuerlustig, wollen dem Kiez entfliehen – die Kinder kranken an Pseudo-Krupp, die Stadt stinkt nach Kohleöfen. Mit einigen Tricks und etwas Betrug schaffen sie es, sich ein paar Tage auf Mallorca zu finanzieren. Doch außerhalb der Saison ist die Insel sterbenslangweilig, die Kinder brauchen Aufmerksamkeit, die Mütter jedoch ebenso. Schließlich lernen sie einen Hotelgast kennen ... Die Struktur eines klassischen Urlaubsromanes erlaubt es Sarah Schmidt nicht nur, den Alltag alleinerziehender Mütter minutiös zu beschreiben, sondern auch auf das Grauen zu verweisen, das hinter dem lauen Alltag und den kühnen Träumen lauert.

»Die Autorin steht hundertprozentig hinter ihren beiden Hauptfiguren, und das trägt die Geschichte. Man lernt als Leser zwei Frauen kennen, mit denen man gerne befreundet wäre.«
Katrin Schings / Berliner Zeitung

Verbrecher Verlag Gneisenaustraße 2a 10961 Berlin
www.verbrecherei.de info@verbrecherei.de

VERBRECHER VERLAG

Gisela Elsner

HEILIG BLUT

Roman

Herausgegeben nach der Typoskriptfassung letzter Hand von Christine Künzel

256 Seiten
Broschur
14 € / 26 SFr

ISBN: 978-3-935843-82-9

Dieser Roman ist eine Rarität, denn zu Lebzeiten der vor 15 Jahren verstorbenen Gisela Elsner erschien »Heilig Blut« nur in russischer Übersetzung. Dabei war eine Publikation des Romans geplant, doch Auseinandersetzungen zwischen der Autorin und ihrem damaligen Verlag verhinderten letztlich ein Erscheinen des Textes. Diese Ausgabe, die von der Germanistin Christine Künzel nach dem Manuskript letzter Hand herausgegeben wird, ist also eine deutsche Erstveröffentlichung. In »Heilig Blut« nimmt Elsner die national geprägte Jägerkultur aufs Korn. Ältere Herren nehmen den Sohn eines erkrankten Kameraden mit in ihre Jagdhütte, um ihn das Leben zu lehren – eine Geschichte mit tödlichen Folgen. Wie stets nimmt sich Gisela Elsner auch in »Heilig Blut« die Zeit, um deutsche Gemütlichkeit in ihrer ganzen Grauenhaftigkeit zu zeigen.

Der Roman erschien anlässlich des 70. Geburtstages von Gisela Elsner am 2. Mai 2007.

VERBRECHER VERLAG

Gisela Elsner
FLIEGERALARM
Roman

288 Seiten
Broschur
14 € (28 SFr)

ISBN: 978-3-940426-23-9

In dieser rabenschwarzen Satire führt Elsner eine Gruppe von Kindern vor, die in den Trümmerlandschaften, die die Bombenangriffe in den letzten Jahren des Zweiten Weltkrieges hinterlassen haben, regelrecht aufblühen. Im Gegensatz zu den Erwachsenen begrüßen die Kinder die Bombenangriffe, verschaffen diese ihnen doch immer neue Abenteuerspielplätze. In ihren Spielen imitieren die Kinder auf makabere Weise die Prinzipien und Strukturen des NS-Staates. Sie bezichtigen ihre Eltern der Feigheit, wobei sie selbst »hart wie Leder, zäh wie Kruppstahl« sein wollen. Doch bald bemerken die Kinder, dass ihnen für das authentische Nachstellen der NS-Zeit noch etwas Entscheidendes fehlt: ein KZ und ein »Jude« ... »Fliegeralarm« ist der letzte zu Lebzeiten erschienene Roman von Gisela Elsner, die damit bereits 1989 einen Beitrag zu der erst zehn Jahre später einsetzenden Debatte um den Bombenkrieg in der deutschsprachigen Literatur leistete. Nach zwanzig Jahren erscheint dieser bedeutende Text, der bei seinem Erscheinen 1989 gänzlich missverstanden und fehlinterpretiert wurde, erstmals wieder im Rahmen der Gisela-Elsner-Werkausgabe. Die Herausgeberin Christine Künzel hat den Text auf der Grundlage des Typoskriptes letzter Hand überprüft.

Verbrecher Verlag Gneisenaustraße 2a 10961 Berlin
www.verbrecherei.de info@verbrecherei.de

VERBRECHER VERLAG

Elfriede Czurda
UNTRÜGLICHER ORTSSINN

204 Seiten
Broschur
14 € (28 SFr)

ISBN: 978-3-940426-31-4

Elfriede Czurda folgt ihrem Gespür für Orte in diesem Buch, lässt sich, als gezielt Umherstreifende, treiben, begegnet dem Ort der Kindheit ebenso wie dem Berlin, in dem sie lange Jahre Zuflucht vor der »Heimat« nahm. Sie lässt ihre Figuren am Flughafen auf Odysseus warten, in Yokohama und vorm Fernseher, der das Testbild zeigt. Sie nimmt die Spur der Opfer und der Täterinnen und Täter auf, spaziert durch die Literatur, den Literaturbetrieb und durch die Welt dahinter. Die hier zusammengetragenen Arbeiten sind Streifzüge durch kleine, nicht selten abseitige physische und psychische Örtlichkeiten, die in der größeren Prosa Czurdas keinen Platz finden, frühere Auftragstexte und viele neue kleine Prosastücke, die sich dem Umstand allzuvieler Bewegung zwischen Orten (in den Jahren der Übersiedlung von Berlin nach Wien und Japan) verdanken. Wertvolle Nuggets – ob nun als kleine Essays oder als kurze Erzählungen getarnt.

VERBRECHER VERLAG

Elfriede Czurda

KRANKHAFTE LICHTUNG

Erzählungen

112 Seiten
Broschur
13 €

ISBN: 978-3-935843-96-6

»Sie will hochfahren schreien eine Stimme existiert nicht ihre Stimmritze öffnet sich nicht richtig eine Art Grunzen entfährt ihrer Kehle. Sie schämt sich versucht noch einmal einen Laut hervorzubringen grunzt.« Die drei Erzählungen von Elfriede Czurda zeigen ihre Protagonistinnen zwischen Wahn, Agonie, Traum und lichten Momenten. Die Sprache stellt sie, statt die »unangemessene« Verstörung zu decken, in einer Überbelichtung zur Schau. Es bleibt unklar, ob in »Die lecke Rede« Hannah oder ihr Mann Hakn, als dessen kategorische Projektion sie im Text erscheint, das umfassendere Wahn- und Projektionssystem zur Verfügung hat. Hakns allzu mächtigem imaginären Redefluss widersetzt sich Hannah, indem sie all die verschluckten »e« in einem großen Kotzen wieder erbricht (Gruß an George Perec). »Der Komparative Startschuss«: die extrem ungleichen Ausgangsbedingungen all ihrer ungleichen imaginativen Doppelgängerinnen zeigt Anna Na in einer trübseligen und trivialen Umwelt, die sie ins Wort zu setzen sich abmüht. Aber noch den Vornamen entzieht ihr die »Fabelhafte Anna«, um die sich alle reißen. Den Ausgleich zu der Härte eines kompetitiven Alltags scheint nur das zu bieten, was von den Verwöhnteren gemeinhin als Sozialneid abqualifiziert wird. Im angestrengten Kampf um die Wiedererlangung von Bewusstsein und Kontrolle nach schweren Verbrennungen geraten schließlich Hannah in »Weisser Geruch« immer noch »alle Brände der Welt« in ihren persönlichen Verantwortungsbereich.

Verbrecher Verlag Gneisenaustraße 2a 10961 Berlin
www.verbrecherei.de info@verbrecherei.de

VERBRECHER VERLAG

René Hamann

DAS ALPHABET DER STADT

Kurzerzählungen

110 Seiten
Broschur
13 €

ISBN: 978-3-940-426-15-4

E wie Eichkamp, Z wie Zehlendorf, P wie Pankow, R wie Rudow, S wie Schöneberg, X wie Xberg. René Hamann hat Berlin durchsucht und ist auf Normales gestoßen wie auf Obskures, auf Lächerliches wie auf Trauriges. Hamann beweist sich als genauer Beobachter. »Es sind hundertfach mehr erleuchtete Lampen als Menschen zu sehen. Eine Frau raucht an einer Bushalte, eine andere kommandiert ihren Pudel, eine dritte schiebt eine Fenstertür im ersten Stock auf. Es gibt kaum hohe Mauern vor den Häusern, die Schäferhunde sind nach Friedrichshain gezogen, die Überwachungskameras sind beim FAB. Es ist still. Durch die Stille kommt Kirchengeläut. Ein knarrender Rollstuhl mit einem Greis. Ein Bus fährt nachdenklich Richtung Schönow. Dann wieder Autos.« Die Glossen erschienen zuerst in der taz und erfreuten sich großer Beliebtheit. Nun ist das ganze Alphabet in einem Buch versammelt, ergänzt durch weitere Erzählungen aus und über Berlin.

René Hamann, geboren 1971, lebt als freier Autor und Journalist in Berlin. Er erhielt unter anderem das Arbeitsstipendium des Berliner Senats (2005) und den Lauter-Niemand-Lyrikpreis (2006). Veröffentlichungen: Katalan, Gedichte (2002), Neue Kokons, Gedichte (2003), Das Mädchen und die Stadt, Erzählung (2004), Schaum für immer, Roman (2007).